IDEAS 28

大腦會說故事

看電影、讀小說，就是大腦學習危機下的生存本能

（原書名：故事如何改變你的大腦）

哥德夏◎著

許雅淑、李宗義◎譯

木馬文化

獻給勇敢的尋夢人
艾碧和安娜

國際學者、媒體好評推薦

本書活潑又具洞見，頌揚人類把周遭所有事物都化為故事的原始本能。

——「紐約時報書評」

因為故事，我們才成為人類。本書以科學和故事告訴我們為何如此。

——明尼亞玻利斯「明星論壇報」

充滿活力的科普讀物，它指出我們為什麼喜歡故事，以及為何故事會永遠存在。作者綜合最新的心理學、睡眠研究和虛擬實境，以深入淺出的方式寫作，他自己就是一位說故事高手。

——「科克斯書評」

作者從人類學和神經科學的研究出發，發現故事是人類生存和演化的一部份。

——「書頁專評」

這本書小心翼翼地結合藝術與科學，手法相當高明，讀起來很有收穫，令人振奮且擴展思維。

——Terry Castle　史丹佛大學哈斯人文講座教授

這本書緊緊抓住了讀者的心思，作者分享了許多生動的故事，以及說故事本身的故事，綜合起來說明為何說故事是人類的本能。

——Edward Wilson　哈佛大學昆蟲學榮譽館長

大家都知道我們一天花好幾個小時沉浸在故事中，但卻沒有人問為什麼？作者以機智的方式探索人類這項天性，原來我們熱愛故事本身就是一則故事，更重要的是，故事對人類具有極重要的意義。

——Sam Kean　《消失的湯匙》作者

非常好讀易懂的一本書。作者深入觀察電視、小說、電影、電動、夢境、兒童、精神疾病、演化、道德、愛……而且文筆生動有趣，作者本身就是一位說故事高手。

——Paul Bloom　耶魯大學心理系教授

人為什麼會說故事、聽故事、沉浸在故事的世界中？作者從多種面向切入探討，並舉出了許多心理學與神經科學的發現來說明故事的功能與未來……

——林君昱　國立成功大學心理學系助理教授

目次

015 前言　說故事、聽故事不只是休閒娛樂

025 第一章　故事的魅力

人的生活與故事密不可分，造成我們完全忽略故事的魔力。因此，展開這段旅程之前，必須重新揭開許多過去習以為常的事物表象，因為這些表象讓我們忽略故事的奇妙之處。你要做的就是隨手打開任何一本故事書，然後留意這本書如何打動你……

051 第二章　為什麼我們需要故事

人類為什麼需要說故事呢？問題的答案也許很明顯：故事把歡樂帶給我們。但是，故事「應該」把歡樂帶給我們這件事情並非絕對，至少不像吃與性那樣在生理上絕對會為我們帶來歡樂。小說的難解之謎在於：演化是現實的功利主義者。為什麼小說這種看似奢侈的事物卻沒有在人類生命的演化中遭到淘汰？

079
第三章　地獄是故事的常客

我們被小說吸引是因為它能帶給我們歡樂。但事實上，小說裡大部分的情節，包括威脅、死亡、沮喪、焦慮、動盪不安，都讓人感覺很不舒服。細數暢銷小說中殘忍的場景，少不了大屠殺、謀殺與強暴，流行電視節目也是如此……

107
第四章　夜裡的故事

有證據顯示這些夢可以幫助我們將新的經驗儲存在正確的短期記憶櫃或長期記憶櫃。許多心理學家與精神科醫生相信，夢也可能是一種自我療癒的形式，幫我們應付清醒時的焦慮。或者，夢也會幫我們剷除腦中無用的資訊……

129
第五章　大腦會說故事

在馬修狂野不羈的幻想之中，我們見到一顆生病的頭腦瘋狂地想要將感覺編進他所發明的官樣文章中，在故事中把未來、幻聽，以及對自己非常重要的信念編造得恰到好處……我們和他的相似程度其實遠遠超乎自己的認知，我們的頭腦也一直努力想從自己的感官資料中抽取出意義……

163 第六章　故事裡的道德
傳統社會中，傳達精神世界的真理不是透過教條或論文，而是透過故事。當時世界上的牧師與僧人早已經懂得那些後來獲得心理學證實的道理：如果你想要打動人心傳達訊息，那就要透過故事來完成……

189 第七章　改變世界的故事
最近數十年以來，也就是電視興起這段時間，心理學已經正式針對故事對人類心理的影響進行研究：小說確實能形塑我們的心靈。故事不論是透過電影、書籍或者電玩來傳遞，都能引導我們對這個世界的認知，影響我們的道德邏輯，改變我們的行為，甚至改變我們的人格……

209 第八章　生命中的故事
我們用生命編織出故事，讓自己變成戲劇中高貴（雖然有缺點）的主角。生命的故事是「個人的神話」，談的是我們自己，我們如何走到這個地步。然而，生命的故事並非客觀的陳述，生命故事是小心翼翼形塑出來的敘事，充滿刻意的遺忘以及有技巧地編織意義……

233 第九章　故事的未來
人類是夢幻島上的生物。夢幻島是我們演化的起點。我們被吸引到夢幻島，因為對我們有益。它能滋養想像力，強化道德行為，給我們一個安全無虞的地方預作練習。故事是人類社交生活的黏著劑，畫定團體界線並讓人團結一致。夢幻島是我們的天性，我們是說故事的動物……

261 中英對照表

283 參考書目

■前言

說故事、聽故事不只是休閒娛樂

統計學家都相信，只要能夠抓到一群長生不老的猴子，把牠們關在一間有打字機的房裡，任牠們不斷狂敲鍵盤，經過很長很長一段時間之後，這些猴子最終會謄寫出一本完美的《哈姆雷特》副本，每一個句號、逗點、「誓言」幾乎都會落在正確的位置上。不過，重點就在於這些猴子不會死去，因為統計學者認為出現這副本需要花很長的時間。

然而，也有人懷疑這種說法。二〇〇三年，英國普利茅斯大學的研究人員針對所謂「無限的猴子理論」設計出一套前測。之所以稱為「前測」，是因為我們仍然找不到長生不老的超級猴子軍團，也沒有夠長的時間測試。不過，這些研究人員卻找來一部老電腦以及六隻蘇拉威西黑冠猴。於是，他們把這台電腦放進猴子籠裡，關上門。

猴子先是眼睛盯著電腦、在電腦四周唸唸有詞，然後開始把玩電腦，還想要用石頭把它砸爛。牠們蹲坐在鍵盤上，似乎很焦慮卻束手無策。牠們還拿起鍵盤咬幾口嘗嘗味道。當然沒有味道啦，於是猴子把鍵盤摔在地上，然後開始尖叫。接下來，猴子開始戳鍵盤上的按鍵，起初是慢慢戳，之後就愈戳愈快。這時，研究人員開始坐回自己的位置，等待奇蹟。

一星期又一星期過去了，這些猴子依然寫不出《哈姆雷特》，甚至連第一幕都沒個影。但牠們已經合作寫出五頁「文字」，為此這些研究人員

（Vintage Images/Alamy）

得意洋洋地將文稿用精美的皮革封面裝訂起來，然後在網路上分享一份有版權的複本，名為《朝向莎士比亞全集的筆記》。我在此摘錄其中一段「代表性」的文字：

Sssssssssssssssssssssssssssssssssssssssssssssssssssssssssssssnaaaaaaa

Aaaaaaaaaaaaaaaaaaaaaaaaaaaaaaaaaaaaaaaaaaaaaaaaaaassssssssssssfssssfhgggggggsss

Assfsssssgggggggaaavmlvvssajjjlsssssssssssssa

這項實驗最重要的發現就是，蘇拉威西黑冠猴對於S的偏愛程度遠遠勝過其他字母，雖然我們不清楚這項發現有何意義。該研究的首席調查員動物學家普勞曼，冷靜地下了結論：「研究的目的雖然有趣，但除了顯示『無限的猴子理論』本身有缺陷之外，毫無科學價值。」

簡而言之，每位統計學家的偉大夢想，就是有朝一日可以讀到由長生不老的超級猴子用打字機敲出來的《哈姆雷特》，然而這似乎只是痴心妄想。

不過，文學家田中次郎的說法或許可以稍稍安慰這些統計學家，他說從技術面來看，《哈姆雷特》雖然不是出於猴子筆下，但它確實是由一種人猿，或者講得具體一些，是由一種偉大的靈長類所創作出來的作品。文學家田中次郎寫道，有時在漫長的史前時代，「壽命比較長的兩足類原始人會從壽命較短的黑猩猩群裡獨立出來，然後一群毛髮沒那麼多的靈長類會再從這些兩足類中獨立出來。因此，在一段特定的時間裡，其中一種靈長類**的確**寫出了《哈姆雷特》。」

但早在這些靈長類想要寫下《哈姆雷特》、小丑哈樂或《哈利波特》等故事之前，甚至早在他們預見自己有辦法寫字之前，就已經聚集在火堆旁、輪流說著一些荒謬的故事，內容從勇敢的巫師與年輕的戀人、無私的英雄與敏捷的獵人、悲情的首領與睿智的老巫婆、太陽與星辰的起源、天神與精靈的性格以及其他許許多多的故事。

數萬年前，人類的心靈尚未成熟，人數也還不多，卻已經講述著一則又一則的故事。現在，經過數萬年之後，人類已經遍及整個地球，我們對於萬物起源的神話還是堅信不疑，我們仍然會為書本、舞台與銀幕上各種關於謀殺、性欲、戰爭、陰謀的真實故事，或令人震驚的虛構情節而緊張不已。人類是對故事相當著迷的生物，即使到了夜深人靜，軀體已然入睡之際，心靈仍然持續訴說著各自的故事。

本書談的是**說故事的靈長類**（也就是會說故事的人類）、擁有說故事的心靈的偉大人猿。或許你沒意識到這點，但你其實就是想像王國「夢幻島」的創造者。夢幻島是你的歸屬，在你死去之前，會有數十年的時光悠遊其中。如果你未曾察覺此事，也無須過於沮喪：故事之於人類，正如水之於魚，身在其中而難以發覺。雖然你的軀體總是存在於特定的時空中，但心靈永遠可以自在暢遊於幻想的國度。

夢幻島是一個尚未被發掘且座標不明的國度。我們不知道為什麼自己會渴望故事，我們不知道為什麼夢幻島一開始就存在？即使待在夢幻島會把我們形塑成人類與創造文化，但我們並不知道原因？簡單來說，沒有任何事像說故事一樣，它對我們如此重要，而我們卻完全忽視它的重要性。

本書的寫作靈感來自一首歌。一個秋高氣爽的日子，我開著車在高速公路上奔馳，心情愉悅地打開收音機，一首鄉村歌曲傳入耳中。聽到不合我胃口的音樂，我通常是立刻關掉廣播，但這位歌手特有的嗓音觸動了我，所以我繼續聽下去。歌手唱的內容是，一位年輕男孩到女孩家提親，她父親要年輕人在客廳等待，那時年輕人盯著牆上掛的一張張照片，照片中的小女孩扮演灰姑娘，騎著腳踏車，「開懷大笑圍繞著灑水器奔跑／搭著父親的手臂跳舞，抬頭望著他。」這位年輕人突然間意識到自己正在偷走這位父親的寶貝：他偷走了灰姑娘。

收音機裡的歌還沒唱完，我已經哭到無法自已，不得不把車子停在路邊。威克斯這首「偷走灰姑娘」完全捕捉到人類的情感：一位父親對女兒既甜蜜又痛苦的心情，以及意識到自己永遠不會是女兒生命中最重要的男人的感受。

我呆坐車裡許久，除了悲傷，還感到震驚。為什麼威克斯這首短短的音樂故事如此催淚，讓一個不是愛哭鬼的成熟男人完全失控無助。我思考了一陣，發現故事會在美麗的秋天悄悄地接近我們，讓我們哭或笑、喜或怒，也可以讓我們全身緊繃，改變對自己與世界的想像，這是多麼奇怪的一件事。體驗故事對我們的觸動是多麼奇妙的感覺，不論故事來自書本、電影，或歌曲，我們敞開一切，任由講述者闖進自己的內心。創作者潛入我們的腦袋，並且掌控了我們的思想。威克斯就在我的腦袋裡，蹲在黑暗的角落，刺激我的淚腺，引爆我的神經。

這本書引用了生物學、心理學與神經學的諸多觀點，試圖解釋那個迷人的秋日在我身上所促成的變化。如果將科學中那些精密儀器、冷冰冰的統計數字，以及不討人喜歡的專業術語帶進夢幻島裡，或許會使很多人感到不安。小說、幻想、夢想……對於人類的想像力來說，是一塊神聖的保留地，是魔法的最後堡壘，是科學不能也不應該入侵的地方，我們不能把古老的神祕簡化為腦中的電子化學反應，或者解釋為自私的基因之間永無止境的戰鬥。我擔心的是，如果你試圖解釋夢幻島的力量，很可能就永遠停留在解釋它的層次而已。正同華茲華斯所說的，為了研究解剖必須先殺人，這一點我可不同意。

以麥卡錫小說《長路》的結局為例，麥卡錫隨著一個男人和他的幼子徒步穿過死寂的世界，這世界已是一片「不毛地帶」，一起尋找賴以維生最需要的東西：食物和人群。我躺在客廳的地毯，在陽光照射到的角落讀完這本小說，我從小到大都是這樣讀故事書的。闔上了這本書，我為這個男人和小孩、為我自己短暫的生命，以及所有自傲愚蠢的人類感到焦慮。

《長路》的結尾是爸爸離開了人間，而小男孩生活在一群「好人」所組成的小家庭中。這戶人家有個小女孩，於是我們看到希望的曙光，這名男孩可能會成為新一代的亞當，而女孩可能成為他的夏娃。但一切懸而未定，因為整個世界的生態系統已死，我們根本不確定人類是否能夠活得夠久，直到整個系統恢復。小說最後一段帶我們離開這個男孩與他的新家庭，麥卡錫留給我們一首美麗朦朧的篇章：

曾經，山中的溪流有許多鱒魚悠游水中。你可以看到魚鰭的白邊被河水輕輕包圍，在琥珀色的流水中跳躍。把牠們捉在手中，聞得到苔蘚的味道，牠們如此優雅充滿力量地扭動著。魚背上迂迴彎曲的圖案猶如世界未來的索引，是地圖，也是迷宮，再也無法重來，再也無法校正，在這深山幽谷中，牠們賴以維生的一切都比人還要古老，牠們低聲歌唱，透露著神祕。

這段文字想要表達什麼？是讚頌那個生命不再蓬勃發展的死寂世界，還是指引「未來世界的變化」？男孩也許還會活著，和那群好人一起在生意盎然的森林裡捕捉鱒魚？也許男孩會被殺來吃而消失？沒有任何科學可以回答這些問題。

但科學**可以**為我們解釋《長路》這樣的故事何以動人。本書藉由科學與人文領域的渠徑，使用新工具、新思維，開啟夢幻島這塊廣闊未知的領域。本書談的是各種故事如何充斥在我們的生活周遭，從電視廣告到白日夢，再到職業摔角的滑稽場景。我欲討論的是，在孩童編造幸福又混亂的故事中那潛藏的模式，以及這些模式所顯示的故事史前之源。這本書談的是故事如何微妙地形塑我們的信仰、行為與倫理，又如何對文化與歷史產生深遠的影響。這本書探索的是和精神病患一樣的深夜創意故事，也就是夢所存在的古老謎團。同時我們也探討一連串聰明卻又愚蠢可笑的腦波，為我們混亂的生活強加上的一套敘事結構。本書也討論小說中當下的不確定性以及未來的希望。最重要的是，這本書寫的是故事所隱含的深層奧祕。為什麼**人類**沉迷於夢幻島？我們又如何變成了說故事的動物呢？

1 故事的魅力

閣下！當你把書賣給讀者的時候，你賣給他的不只是十二盎司的紙、印刷的油墨與裝訂的膠水，還賣給他一個嶄新的生活。愛、友情、幽默，以及夜晚在海中航行的船隻，一本書包含了天與地，我指的是一本真正的書。

——莫利《輪子上的帕那索斯》

人的生活與故事密不可分，造成我們完全忽略了故事的魔力。因此，展開這段旅程之前，必須重新揭開許多過去習以為常的事物表象，因為這些表象讓我們忽略故事的奇妙之處。你要做的就是隨手打開任何一本故事書，然後留意這本書如何打動你。以菲畢里克的《航向長夜的捕鯨船：「白鯨記」背後的真實故事》為例，這部作品談不上是一本小說，但仍是故事書，而且是一本相當精采的故事書。菲畢里克筆下的精采故事，激勵了梅爾維爾寫出《白鯨記》中逼真的災難：捕鯨船「埃塞克斯號」遭受一隻體型龐大的凶猛抹香鯨攻擊而沉沒的過程。

閱讀《航向長夜的捕鯨船：「白鯨記」背後的真實故事》之前，我希望你能下定決心，菲畢里克是一位狡猾的老巫師，揮灑筆尖就如揮動魔法棒，能夠透過讀者的視線擄獲他們的心思，帶著讀者穿越時間，繞過半個世界。你必須心「有」旁騖才能抵抗這股魔力：別忘了自己還坐著，也別忘記路上川流不息的人車，更別忘記你手上正拿著一本書。

翻開第一頁，時間回到一八二一年，捕鯨船「皇太子號」正在南美洲海岸急速航行。船上水手南塔克特聚精會神地搜尋著海面上是否有出現獵物的噴氣水柱。「皇太子號」的船長柯芬盯著一艘在海面上起伏的小船，然後對捕鯨船的舵手大喊，要他將捕鯨

舒特為《白鯨記》所畫的插圖（一八五一）。（Bettman/Corbis）

船開到小船的下風處。菲畢里克寫到：

在船長柯芬小心翼翼的目光下，舵手儘量把船靠近這艘廢棄的小船。雖然船的動能讓他們快速經過這艘小船，但僅僅幾秒鐘的交會時間，他們見到小船上的景象，讓船員終生難忘。

首先映入眼簾的是骨頭，人類的骨頭，散布在船上座位與地板上，讓這艘船看起來就像是食人獸的海上巢穴。接著他們看到兩個人，各自盤坐在船的兩頭，臉上帶著哀戚，眼睛從他們那消瘦空虛的頭骨中凸了出來，他們的鬍鬚沾滿凝成一團的鹽和血，嘴裡正吸著他們死去的船伴骨頭中的骨髓。

快快，你還記得自己此時身在何處？有沒有從椅子上跌下來？背部會痛嗎？街上的喧鬧聲還聽得到嗎？印在紙張上的油墨看得到嗎？眼睛是否還有餘光可以看見自己的大拇指在摳著書頁邊緣，或是瞄見家裡客廳地毯上的花紋呢？還是菲畢里克已經完全讓你入迷？你眼前是否已經浮現活生生的畫面，看見他們的嘴唇正咬著那些骨頭碎片，沾滿鹽巴的鬍鬚，還有遍布在船艙底部的斑斑血跡？

老實說吧！你們絕對無法通過這場考驗。人類的心靈對於故事顯得毫無招架之力。不論我們多麼努力抗拒，不論我們馬步站得多穩，我們還是無法抵抗另一個世界的吸引力。

柯勒律治有句名言，體驗故事，任何故事，都需要讀者「願意暫時放下懷疑」。按照柯勒律治的觀點，讀者會為自己找理由：「沒錯！我知道柯勒律治詩中的古代水手根本是在鬼扯，但為了取悅自己，我必須壓抑心中的質疑，並且暫時相信這些水手真的存在。對！就是這樣！做吧！」

但如同菲畢里克簡明扼要的解釋，**意志**對故事根本起不了作用。我們所接觸的是一個正吐出魔咒的說書人（例如「從前從前……」），而且他可以完全抓住我們的注意力。如果說故事的人有些技巧，他將輕易侵入大腦掌控我們，我們根本無力招架，除非狠下心來趕緊把書闔上。即便如此，那個飢腸轆轆的人啃食著自己夥伴骨頭的畫面，仍會持續縈繞在腦海中揮之不去。

「遍布在船艙底部的斑斑血跡？」你的確被我唬住了，我編出這樣的細節，讓菲畢里克的場景更加栩栩如生、活靈活現。但我並不孤獨，讀著《航向長夜的捕鯨船》，你的心靈也同樣訴說著無數的謊言，你只是對印成白紙黑字的故事更加謹慎而已。

當你閱讀菲畢里克所描寫的場景，畫面幾乎在你腦中上演。我要問你，船長柯芬看起來如何？是年輕還是老邁？他戴的是三角形水手帽，還是軟式大盤帽？他穿什麼色的外套？鬍鬚是什麼顏色？有多少人擠在這艘捕鯨船「皇太子號」的甲板上？這艘堅固的船掛的是怎樣的帆呢？當時是灰濛濛的陰天還是萬里無雲的晴天？海浪大或小？這兩個吃著人肉的落難船員身上有沒有衣服？如果有，又是怎樣的衣服？

如同《湯姆歷險記》裡的湯姆拐騙別人幫他粉刷柵欄，寫故事的作家也用了點詭計，讓讀者投入大部分的想像工作。閱讀通常被視為被動的行為：我們躺著讓作者把歡樂輸送到自己的大腦裡。但事實並非如此，當我們在閱讀一則故事時，我們的大腦也同時不斷地翻騰、運轉。

作家有時候會以作畫來比喻自己的技巧。每個字都是畫中的一筆，一個字接著一個字，就像一筆接著一筆，作者所創造出來的畫面，帶著真實生活的深度與鮮度。但仔細閱讀菲畢里克的文字可以發現，這些作者只是在打底而非作畫。菲畢里克勾勒出專業的線條輪廓，並且提示我們要如何填滿。大腦會把畫面裡大部分的資訊都補上，不論是色彩、陰影或是紋路，一項都不缺。

閱讀故事時，大量極具創意的工作幾乎隨時隨地都在進行，在我們的意識底下轟轟作響。我們在書裡讀到一名「英俊瀟灑」卻「眼露凶光」，而且顴骨「像刀片一樣銳利」的男子，從這些細微的線索中，我們創造出一個形象，他不只有這樣的眼睛（眼球是深色或淺色？）或那樣的臉頰（紅潤或蒼白？），也有了鼻子與嘴巴的形狀。我從《戰爭與和平》中讀到公主波卡雅的身形瘦小，洋溢青春少女的氣息，上嘴唇比較「薄」，所以會露出可愛的門牙。然而在我心中，這位公主真正的形象特質，遠遠超過托爾斯泰在小說裡所提供的線索。

我也從《戰爭與和平》這本書裡知道，年輕的彼嘉在戰役中喪生時，鄧尼索夫隊長傷心欲絕。但我從何得知？托爾斯泰從來沒這樣說，書裡也不曾寫到鄧尼索夫難過落淚，我讀到的就是鄧尼索夫緩緩離開彼嘉殘留體溫的屍體，手放在柵欄上，使力緊握欄杆。

作者並非打造我們閱讀經驗的全能建築師，他指引大家想像的方式，但並未決定我們想像的內容。電影從作家的劇本開始，卻由導演把腳本端上大銀幕，把所有細節填滿。所以，任何一篇故事也是如此。作者寫下文字，但這些文字是死的，需要加入催化劑讓文字變得有生命，而催化劑就是讀者的想像力。

迷失在夢幻島

兒童完完全全是生活在故事中的動物。我有兩個女兒，在我寫這本書時，姊妹倆分別是四歲與七歲，她們的生活完全沉浸在這些虛構故事中。清醒的時候，她們大部分時間都快樂地穿梭在夢幻島中，不是快樂地看著故事書或錄影帶，就是在角色扮演的遊戲中創造出一個母親與寶貝、公主與王子、好人與壞人的神奇世界。對我的女兒來說，故事是心靈不可或缺的一部分。孩子需要故事，就像大人需要麵包與愛情。禁止她們進入夢幻島就像一種暴力行為。

安娜與艾碧在玩遊戲。（Jonathan Gottschall）

在這方面，我的兩個女兒並不特別。世界各地的兒童都在故事中獲得喜悅，他們從蹣跚學步時就開始塑造自己想像的世界。故事在兒童的生活中占據相當重要的位置，幾乎等於他們生活的全部。兒童都在做什麼呢？他們做的事大部分都和故事有關。

成年人當然就不是這樣了，我們要上班，不可能一天到晚都在玩。在巴里一九〇四年所寫的劇本《小飛俠彼得潘》中，這些可愛的兒童在夢幻島上冒險，但最後他們還是會想家，想返回真實世界。這部劇本暗示小孩必須長大，而長大

二次大戰期間，德國對英國實施空襲，倫敦居民在「荷蘭屋圖書館」看書。閱讀並不像其他休閒活動，例如縫紉、賭博或運動那樣受時空環境的限制，每個人都會透過他自己的方式生產故事。即使在最壞的情況，甚至是在戰爭中，我們還是會生產故事。（©English Heritage/NMR）

就意味著離開那塊被稱做「夢幻島」的想像空間。

但彼得潘仍留在夢幻島上，他永遠不會長大。從這點來看，我們都比自己所想像的更像彼得潘。雖然我們離開了幼稚園，不再玩玩具車也不再幫娃娃穿衣服，但我們永遠不會停止想像。我們只是改變自己想像的方式，小說、夢想、電影與幻想，都屬於夢幻島的一部分。

本書所要回答的不僅僅是故事何以存在的問題（雖然這個問題已經非常奇怪），而且還要說明故事的重要性。故事在人類生活中所扮演的角色遠超過一般所認定的小說或電影。故事以及各種跟故事有關的活動，主宰了人類的生活。你可能會質疑我是不是誇大其詞，並且太快下定論。也許是吧，但讓我們先看看數據。

雖然當今對於紙本書的消失充滿焦慮，但出版仍舊是一門大生意。青少年小說和成人小說每年的銷量數字仍然超過其他非小說的銷售總量。有些小說的競爭對手（非小說）讀起來就像是某類型的小說。舉例來說，一九六〇年代興起的「新新聞主義」，運用小說的技巧描述真實故事，對各種非小說文體產生巨大的影響。同樣地，我們之所以喜歡傳記的部分原因，和我們喜歡小說的理由一樣：因為兩者都是跟隨著性格豐富的主角，經歷他們奮鬥的過程。再從最受歡迎的傳記形式「回憶錄」來看，它最令人詬病之處就在於對事實不夠嚴謹，反而比較接近小說。

不過，可悲的是，即使有超過一半的美國人依然閱讀小說，但還是比過去少。根據二〇〇九年美國勞工局統計資料顯示，美國人一天大約花二十幾分鐘閱讀，包括從小說到報紙等各種形式的閱讀。

我們閱讀的時間比以前少，並不是因為我們拋棄了小說。而是因為實體書已經被螢幕所取代，我們從螢幕上看小說的時間多到令人咋舌。根據各種調查資料顯示，美國人每天平均要花好幾個小時看電視。這些美國小孩兒童長大成人

（©Aaron Escobat）

後，會把更多的時間花在電視上，遠遠超過花在其他地方的時間（包括學校）。這些數據還不包括在電影院或者看DVD的時間，如果把這些數據加進去，美國人每年每人大約花一千九百個小時沉浸在電視與電影中，**平均每天五小時**。

當然，並不是所有花在螢幕上的時間都是用來看喜劇、戲劇或驚悚片。大家也會看新聞、紀錄片、運動節目，或者介於真實與虛構之間的「電視實境秀」。我們耗在電影院和電視機前的全部時間幾乎都是故事時間，電視基本上還是一種傳播虛構故事的媒介。

接下來是音樂。音樂學家與神經學家列維亭估計，我們每天聽音樂的時間大約是五個小時，這聽起來有點不可思議，但列維亭細數每種聲音：包括電梯裡的音樂、電影配樂、廣告宣傳歌曲，以及所有透過耳機塞進我們大腦裡頭的聲音。當然，並不是所有的音樂都在說故事，也有交響樂、賦格曲，以及前衛的音樂混合著風鈴聲與可愛的尖叫聲。但最受歡迎的音樂類型，講述的都是主角如何竭盡心力獲得自己追求的東西，大部分是指男朋友或女朋友。歌手可能和旁邊的吉他手與鼓手一起演唱／演奏著旋律，但這並未改變歌手的演唱內容是在述說故事的事實，音樂只是故事的偽裝。

截至目前為止，我們都認為小說是由藝術家所創作，但那些「說給自己聽」的故事呢？夜晚是我們創造力最豐富的時刻，閉上眼，精力旺盛的大腦仍作著多采多姿、無邊無際、連篇累牘的夢。意識在夢境中只是變了身，但並未消失。對於意識在整晚所經歷的冒險過程，我們能記住的相當有限。（每個人對夢境的記憶能力有所差異，但實驗室裡的睡眠研究指出，每個人基本上都會作夢。）在夢裡，我們的大腦就像一對相互出軌的夫妻，骨子裡過的是一種貌合神離的生活。

科學家一度認為，人類只有在淺眠的「快速動眼睡眠期」，才會做生動且有故事性的夢。如果真是這樣，人類平均每晚花兩小時，一輩子花六年的時間，自動在大腦裡上演自編自導的深夜故事。令人驚訝的是，即使是白天相當無趣乏味的人，晚上的夢卻也同樣精采。更令人驚奇的是，研究人員現在才知道，那些有如故事一般的夢，除了在「快速動眼睡眠期」出現之外，幾乎也出現在整個睡眠過程。有些研究員認為我們幾乎整晚都在作夢。

此外，我們睜開眼睛時，同樣也在作夢。大部分清醒的時間，我們也都在作夢。針對白日夢較不容易進行科學研究，但如果你可以調整自己的意識頻道，將會發現白日夢是大腦預設的狀態。不論是開車、走路、煮晚餐、早上出門前的梳妝打扮，或是上班時兩眼發直，這些時刻我們都在做白日夢。簡單來說，當大腦沒有一股要完成某項任務的心理壓力時，像是寫書或者做些複雜的計算，大腦就會蠢蠢欲動，急著跳入白日夢的園地。

一項科學研究（分析的資料包含傳呼機上的留言跟日記）指出，每次白日夢的平均時間是十四秒，而一個人每天大約做兩千次白日夢。換句話說，我們清醒時有一半、一生之中有三分之一的時間，都在編織幻想。我們的白日夢包括緬懷過去、曾經說過或做過的事情、成功與失敗的經過。我們的白日夢會鑽進日常生活瑣事，比方說想像用各種方式處理工作上出現的衝突。但我們也會用更激烈，像說故事一樣的方式做白日夢。我們在大腦投射出電影的美好結局，不論腦中的願望是空虛、咄咄逼人或齷齪的，都可以實現。不過，如果我們投射出一些恐怖的畫面，我們最深的恐懼也會實現。

有些人對作家米堤這類只會打造空中樓閣的人嗤之以鼻。然而，想像力是一種令人讚嘆的心理工具，當身體被困在一個特定的時空中，我們的想像力卻可以解放自己，穿越時空到處漫遊。這就像帶有神奇力量的巫師，所有人都可以預見未來，儘管不是清楚明確的未來，但也算是一個模糊、極有可能發生的未來。

你或許會想像，如果順從內心強烈的渴望，踹老闆的「蛋蛋」一腳，那會有什麼後果？你可以發揮想像力找出答案，把時間快轉、特寫畫面，就會看到老闆的臭臉，你可以**聽見**腳上鞋子擠壓出熱氣的聲響，一開始是**感覺**壓碎了什麼，接著就觸到了硬物。但這場模擬想像也會說服你自己，如果你狠踢老闆的蛋蛋，他可能會以牙還牙加倍奉還。然後，他會把你開除（或者打電話報警），所以最後你還是把腳留在皮鞋裡頭，窩回自己的小角落。

我們沉浸在故事中的機會，遠遠超過作夢與幻想、歌曲、小說和電影。人的生活中有太多地方被小說所滲透了。

不是小說，但小說化

職業摔角比較像是精心設計的秀而不是運動。一切的演出都已經套好，舞台的場面揭露了鉅細靡遺的故事發展軸線，包括備受愛戴的英雄以及讓人恨之入骨的混蛋：自大的富豪、典型的美國男孩、邪惡的共產主義者，還有娘娘腔的自戀狂。這場表演展現出誇張的戲劇排場與規模，大膽的吼叫與誇張的動作。職業摔角中的假暴力讓人興奮，例如選手用的原子墜擊、蒙古劈掌、駱駝式固定等招式，其中也加入了各種打鬧劇情，例如誰和誰的老婆有一腿、誰背叛誰、誰真正愛國，以及誰只是裝模作樣。

真正的搏擊運動也遵循類似的說故事習慣。推廣拳擊運動的人很早就知道光是互打不足以引起觀眾的興趣（也賺不到錢），除非他們可以透過設計讓拳手有引人注意的個性及背景。賽前的炒作會編出一套選手為什麼要對打的故事，而且通常是兩個人為什麼會互相鄙視對方。大家都知道比賽的熱度也是編出來的，鏡頭下舉止親近的兩個人，為了讓劇本有看頭，就必須假裝彼此有深仇大恨。不管動作多麼激烈，只要沒有精采的背景故事，打鬥就顯得單調乏味。這就像一部電影鉅片，空有高潮，卻沒有高潮之前緊張刺激的情節鋪陳。

職業摔角根本就是小說，但它也只是將正常的運動轉播中所看到的競爭畫面誇大而已，在這個過程中轉播員是訓練有素的敘事高手，他們試圖把比賽戲劇化的程度拉到最高。舉例來說，奧運報導運動員的紀錄片都會加油添醋。所以當比賽的槍鳴聲響起，我們可以深深感受到選手就像是史詩戰場上奮力一搏的英雄，也完全能夠理解勝利的感動與失敗的痛苦。蓓克爾最近在「紐約時報雜誌」的一篇文章中也提到類似的論點。她說愈來愈多女性觀看運動轉播，這確實是因為播報員已經學會將運動比賽包裝成「人與人之間的對壘」。蓓克爾認為，對女性粉絲來說，職業美式足球的訴求和電視影集「實習醫生」一樣：「人物、故事、競爭與心碎。」（我不確定對男生來說有沒有不同。ESPN廣播台顯然是針對男性聽眾，但它的節目內容相較之下沒有太多真正的運動賽事，頻道的主軸是針對運動員的人格特質做些聽眾愛聽且無傷大雅的談話性節目。籃球員小皇帝詹姆斯背叛克里夫蘭騎士隊算不算混帳行為？美式足球員「大班」羅斯利斯伯格是不是強暴犯？四分衛法佛爾會不會永遠退休？這些露鳥照片是不是捏造的？

講故事是電視運動節目的主軸，二〇一〇年高爾夫球名人賽給我留下深刻的印象。這場比賽是老虎伍茲經歷了性醜聞困擾，沉寂很長一段時間後的首場巡迴賽，就算平常不看高爾夫球的人，也不願意錯過伍茲全新的冒險：跌落谷底的老虎是東山再起？還是

世界摔角娛樂公司的執行長麥克馬洪。摔角聯盟一直否認台上的暴力故事是演出來的，麥克馬洪粉碎摔角是「假打」的說法，而重新將職業摔角定位成「娛樂運動」。麥克馬洪說每一季的摔角就像是連載的小說，在年度的摔角爭霸賽達到故事高潮。在布勞斯坦所拍攝的摔角紀錄片「摔角梟雄」中，麥克馬洪被問到WWE的製作過程，他戲謔地說：「我們是在拍電影。」（Airman 1st Class Nicholas Pilch）

萬劫不復？轉播另一個關注的焦點是老虎的主要對手米克森，當時米克森的媽媽與太太都在和癌症搏鬥。主播播報比賽時，有意把每次推桿的失誤與奮力一擊都連結到背後更感人的故事。

最後米克森贏得勝利。他在十八洞的果嶺取得勝利之後，停下來擁抱遭受癌症折磨的妻子。攝影機捕捉到米克森臉頰滑下一行淚水。這已經不大像是故事書的結尾，因為連故事書都無法如此精采。

美國影集如「法網遊龍」和「我要活下去」也是故事，而且他們還刻意留下一些漏洞，讓我們可以憑空想像出許多故事。社會科學家將電視廣告說成是「小說式的螢幕媒體」，是半分鐘的短篇故事。

廣告不會只用嘴巴**說**洗衣精有多好用，通常會透過一個故事來**證明**它確實有效，故事中有個疲憊的媽媽，一個調皮搗蛋的小孩，兩人最終在洗衣室裡戰勝頑強的汙垢。ADT保全透過一部短片，讓我們看到無助的婦女與小孩遭受闖入家門的瘋子挾持，然後被救出，嚇得我們趕緊添購家用警報器。珠寶店為了讓男人掏錢購買閃閃發光的小石頭，拍攝了一個故事，說明在一個渴望愛情的男子眼中，女人的愛值多少錢：答案是兩個月薪水。有些廣告的設計則是讓相同的角色演出一連串的故事，例如「政府雇員保險公司」幽默的「洞穴人」廣告，或者「傑克林牛肉乾」所拍的廣告「惡整沙士闊」。基本上，傑克林牛肉乾在廣告中幾乎未提到產品，他們只不過拍了幾個故事，影片中喜歡吃牛肉乾的傢伙，傻乎乎地騷擾一個沒大腦的猿人沙士闊，然後被沙士闊狠狠修理。

人類是生活在故事中的生物，因此故事幾乎觸及生活的所有層面。考古學家在化石與骨頭中挖掘線索，整合拼湊出過去的傳說故事。歷史學家也是如此，他們都是說故事的人。有些人還認為教科書中的許多說法，例如哥倫布發現美洲的官方說法，其實都是傳說，有很多失真與遺漏之處，更像神話而非歷史。有愈來愈多人教導企業主管，他們必須成為有創意的故事專家：他們必須為自己的產品與品牌編出一套吸引人的說法，藉此打動消費者。政治評論者認為，總統選舉不僅僅是兩個有魅力的政治人物以及理念之間的競賽，也是對於國家的過去與未來，訴說出不同故事之間的競爭。法律學者也把訴訟視為故事之間的競爭，兩造的律師建構有罪與無罪的故事，彼此爭論誰才是真正的主角。

「紐約客雜誌」最近有篇文章詳述故事在法庭裡所扮演的角色。作者馬爾肯描述一起駭人聽聞的謀殺案件的整個審判過程，故事中的女人與情夫被控謀殺她的老公。馬爾肯提到檢察官列文索一開始就以「一種老式驚悚片的手法」開場，列文索是這麼說的：

這是一個藍天高掛、陽光普照、空氣清新涼快的秋日早晨。在這個涼快的秋日裡，年輕的牙齒矯正醫生丹尼爾正走在皇后郡森林小丘六十四街，距離我們現在的位置只有幾公里路程。他身旁的小女孩，是他四歲的女兒蜜雪兒……當時丹尼爾站在安代遊樂場的入口外，離公園入口只有幾步路遠，離小女孩站的地方也僅幾公尺，被告莫拉耶夫不知從哪冒出來。手上還拿著一把上膛的手槍。

列文索在這場官司中大獲全勝，因為他比對手更能從模糊的案情中編出一則好故事，而對方的辯護律師顯然沒有說故事的天分。

如同馬爾肯發表在「紐約客」上的那篇文章，許多優秀的新聞報導都呈現濃濃的故事味，而這就是我們口中所說的「好」報導。馬爾肯在描述事情經過時並不是用中立客觀的口吻。反之，她把謀殺案中亂七八糟的事實以及冗長的官司，編織成一個充滿懸疑、以角色為主的故事，處處都是小說的影子。她所採取的方式，是把列文索變成她故事裡的一個角色：「列文索……是一個超難應付的檢察官。他身高不高，外型臃腫，留著鬍子，走起路就像一隻短腳雞一樣移動迅速，講話的音調很高，彷彿是個女人，講到興奮處就像是一張跳針的黑膠唱片，變成了假音。」

這是藝術家對宇宙大爆炸的再現。我認為科學可以幫助我們了解說故事的意義。有些人說科學就是一個宏大的敘事（儘管有假設驗證），源於我們希望了解世界的意義。科學在說明宇宙、生命，以及說故事這件事情的起源時，其說故事的特性最能突顯出來。當我們回顧過去，會發現科學試圖解釋的故事與確證事實之間的關連性顯得既少又弱。科學家的想像相對地更為大膽而豐富，就像他或她被迫要從愈來愈少的訊息中推論出愈來愈多的意義。（PASIEKA/SPL/Getty Images）

我們把某些最棒的故事留給自己。科學家已經發現，我們用來架構自己生命故事的記憶不僅大膽而且充滿虛構。社會心理學家也指出當我們遇到朋友時，彼此的對話大部分由八卦組成。我們會問自己的朋友「最近好嗎？」或是「有什麼新鮮事？」然後把自己的生活講給另一個人聽，在幾杯咖啡或幾罐啤酒之間分享彼此的故事，不知不覺中就塑造並美化自己的故事。每個夜晚，我們和親愛的家人重聚在晚餐桌旁，分享彼此一整天的喜或悲。

還有，所有宗教傳統的緣起都有豐富的故事。有些故事是笑話，有些則是都市傳說，某人在賭城拉斯維加斯徹夜狂歡，一覺醒來少了一顆腎。還有那些關於詩歌、單口喜劇，或是數量遽增且帶有故事性的線上遊戲，讓玩家可以「扮演」虛擬實境戲中的角色。此外，我們又該如何看待臉書和推特上所張貼的個人資料呢？

我們在後面會回過頭來說明這些不同的說故事方式。現在，我認為有一點非常清楚：人們對於撰寫與閱讀故事的欲望，遠比對文學、夢想與幻想的欲望還要深。我們全身上下，甚至連骨頭都沉浸在故事之中。

但為什麼呢？

孔山族在說故事（一九四七）。（Nat Farbman/Getty Images）

故事人

要了解這個問題有多難回答，我們可以做一個大家都會做的想像實驗。讓我們回到史前時代、渾沌不明的狀態之中，想像人類只有兩個部落，都生活在非洲的河谷。他們競爭相同且有限的資源：其中一個部落逐漸凋零，而另外一個部落則是代代相傳。一個部落叫「務實的人」，另外一個部落叫「故事人」，兩個部落除了名稱不同之外，其他條件都一樣。

基本上，故事人的活動從生物觀點來看非常合理，他們工作、打獵、採集、尋找伴侶，並且努力守護彼此。他們培養年輕人，組成聯盟，然後逐漸發展出一種上下隸屬的階層關係。就像大部分的狩獵採集社會，他們的休閒時間多到令人驚奇，他們隨時都在休息、聊八卦與故事，用故事消磨時間，並且從中得到無限歡樂。

務實的人也和故事人一樣，為了填飽肚子工作，努力獲取異性芳心，並且撫養小孩。但當故事人回到村落開始編造各種瘋狂的奇人異事，務實的人依然埋頭工作。他們狩獵的時間更多、採集更多、求愛更多，直到他們筋疲力竭。務實的人不會把時間浪費在說故事上：他們躺下來休息，儲存更多的體力來做有用的事。

當然，我們都知道故事的結局。故事人獲得勝利，而我們就是故事人。如果這群嚴以律己的務實人曾經存在，他們也不可能存活至今。但是假如我們一開始並不知道答案，難道大多數人不會打賭務實的人會比這些無聊的故事人存活得更長更久嗎？

但事實就是如此，務實的人失敗了，而這正是故事為何如此重要之謎。

為什麼我們需要故事

真是不可思議，當我們整個人放鬆隨著書本潛入那看不見的世界，也就穿越了那些喧鬧的書頁，進入了無聲的夢想世界。

——加斯《小說與生活中的人物》

我站在重到推不動的安全門外，正在輸入密碼。門鎖解開之後，我走進大門，面帶笑容迎向辦公室裡正在處理文書工作的病房主管。我在訪客登記簿上簽名，開啟裡面那道門，走進下班之後最常造訪的精神病院。

房間很寬敞，深不見底，屋頂挑高，裡面是醫院常見的標準硬地板和明亮的日光燈，牆上貼著色彩繽紛的藝術品，桌上擺著張開的安全剪刀，空氣中瀰漫著一股防腐劑的檸檬味，還有自助餐廳飄來的午餐味。我一路走向房間的盡頭，房裡的室友喋喋不休，又喊又罵，大聲吼叫。有些人穿著輕鬆的便服，有些人打扮得像忍者、護士，或是穿著花邊衣服的小公主。許多男病人手裡拿著臨時湊合用的武器，幾位女病人有的手持魔法棒，有的抱著襁褓裡的嬰兒。

令人不安的是，這些同處一室的室友可以看見一些我看不見、聽不到、感覺不到也嘗不到的事物：陰暗的角落有幾個壞蛋埋伏，有怪物、有海水的氣味，還有一個小孩正迷失在山上的薄霧中，因為找不到媽媽而嚎啕大哭。

但有一小群室友似乎懷著同樣的幻想，他們共同對抗並逃離危險，另一群則是一起為那些不存在的調皮小孩烹煮晚餐。當我繼續走著，有位英雄警告我，我的腳已經快要踩到他正在宰殺的那條龍的下巴，我向這位英勇的鬥士道謝，並且在我快要全身而退的時候，回答了他的另一道問題：「很抱歉，兄弟！我不知道你媽媽什麼時候會來。」一房間盡頭，兩位公主把自己塞進用書架搭出來的小角落，她們穿著華麗的禮服像印度人那樣盤坐著，有時喃喃自語，有時開懷大笑，但兩人根本毫無交集。兩個人的大腿上都坐著一個嗷嗷待哺的嬰兒，而她們像個母親似的對著懷中的小孩碎碎唸。身材比較瘦小、有著一頭黃髮的小女孩安娜注意到我，立刻跳起來，把娃娃丟到我的頭上，哭著大喊：「爹地！」她飛奔向我，我就把她抱起來。

小孩在一歲左右，會開始有些詭異且神奇的東西在腦中滋長，三或四歲時完全盛開，接著在七或八歲時開始凋零。一歲時，小孩會拿著一根香蕉放在臉上假裝講電話，或者把泰迪熊放在床上。兩歲時，剛剛學會走路的小孩可以合作演出簡單的戲劇，小孩扮演公車駕駛，媽媽充當乘客，或者是和父親角色互換，爸爸當小孩、而小孩當父親。兩歲小孩也開始發展人格。當他們扮演國王時，講話的語氣和扮演皇后或者喵喵叫的小貓時完全不同。到了三或四歲，小孩進入家家酒的黃金時期，有三到四年甚至更久的時間，他們會成為異想世界中善於頑皮嬉戲、喧鬧搗蛋狂歡的傢伙。

小孩天生就熱愛藝術，並不是經過後天的教養而成。世界各地的小孩只要能碰到繪畫材料，都可以在正常的成長階段發展出自己的技巧。小孩天生熱愛音樂。我記得自己一歲大的時候，曾經隨著音樂曲調「舞動」：咧開沒長牙的嘴巴微笑、甩著大大的頭、敲擊雙手。小孩也天生對木偶秀、電視卡通，以及那些老是被他們撕破的故事書感興趣。

然而，對小孩來說，生活中最棒的事情就是玩：拚命地跑、跳、扭動，以及在想像的世界中解決危險並享受成功。小孩在故事中遊戲也是一種本能，如果將小孩放在同一個房間裡，你將會看見自然發生的藝術創作。他們就像純熟的即興表演者，會先討論出一套有劇情的腳本，然後演出，他們常常打破角色的設定，調整劇本並且交換表演筆記。

小孩就是自然而然融入故事，而且不需要任何人指導，也不需要哄騙他們創作故事。對小孩來說，演戲就跟做夢一樣是

貧困的印度小孩在垃圾堆裡遊戲。
（©Tonny Tunya, Compassion International）

自然而然發生，擋也擋不住的。即使他們吃不飽挨餓、生活在貧困的環境中，甚至是大屠殺時住在奧斯威辛集中營的小孩，都沉迷在演戲遊戲中。

為什麼小孩是生活在故事中的動物呢？

在回答這個問題之前，我們需要先問一個更大的問題：人類為什麼需要說故事呢？問題的答案也許很明顯：故事把歡樂帶給我們。但是，故事「應該」把歡樂帶給我們這件事情並非絕對，至少不像吃與性那樣在生理上絕對會為我們帶來歡樂。故事所帶給我們的歡樂需要經過一番解釋。

小說的難解之謎在於：演化是現實的功利主義者。為什麼小說這種看似奢侈的事物卻沒有在人類生命的演化中遭到淘汰？

提出謎題很簡單，但要找到解答就困難多了。要回答這個問題，首先請把你的雙手舉到面前，轉一下手腕，然後握緊拳頭，搖搖手指頭。把每一個手指頭塞到大拇指下，一個接一個。用手拿起一枝鉛筆把玩一下，接著把鞋帶繫好。

人類的手真的是生物工程學的神奇見證。在一個小巧的空間裡，塞滿二十七根骨頭、二十七個關節、一百二十三條韌帶、四十八條神經與三十四條肌肉。手掌的每個構造幾乎都是**為了**某些事情而設計。指甲是為了抓東西、撿東西和敲東西。指紋或者稱為乳突紋線對我們的觸覺很重要。甚至連手上的汗腺都有功能：維持手部的溼潤，使我們抓得更緊（乾燥的手指接觸物品時容易滑動，所以你才會在翻書頁之前先舔一下手指）。但手掌上真正令人驕傲之處，是可以和任何一隻手指對抗的大拇指。少了大拇指，我們的手充其量只是海盜鉤子的進化版本。其他沒有大拇指的動物，只能用牠們的蹄去扒、撞或者刮這個世界。人類因為有大拇指，所以我們可以握緊東西，還可以隨心所欲地操控它。

現在，容我請你問自己一個有點蠢的問題：你的雙手可以用來做什麼？

答案很明顯，手可以用來吃東西，可以用來愛撫、握拳和當成棍棒。雙手可以用來製造工具也可以控制工具。手是好色的，可以探索、搔癢和挑逗。手還可以傳達意思，我們用手勢來強化說話的內容。以上的事，我的手都辦得到，但這些日子以來我的手幾乎都在翻書與打字。

我們的手是工具，但演化並不是把手變成單一功能。手並不等於錘子和螺絲起子的生物版，手像瑞士刀那樣有多種目的，可以**用來**做許多事。

手是如此，身體其他部位也和手一樣。眼睛主要是用來看東西，但同樣也可以幫我們傳達情感。當我們嘲笑別人或者大笑時，眼睛就會瞇成一條線。當我們感到悲傷，眼睛會流淚，奇怪的是當我們覺得相當開心時，也會感覺眼眶溼溼的。我們有嘴唇，因為我們需要一個開口，方便進食與呼吸，但嘴唇同樣有多種功能用途：我們用嘴唇接吻表達愛意；假如我們感到快樂、悲傷或者氣得要死，只要嘴唇一撇，就可以讓其他人知道我們腦中在想什麼。當然，嘴唇也用來說話。

嘴唇和手如此，大腦也是如此，由大腦所控制的行為也是如此。以慷慨為例，

法國阿列日省蒂多杜貝爾洞穴中的「野牛黏土」。小說之謎也是範圍更大的生物學之謎、藝術之謎的一環。一萬五千年之前，法國有一位雕塑家游泳又爬行了將近一公里的距離進入一個山頂洞穴，這個雕塑家在洞穴中捏了一隻公牛正要從後方爬上一頭母牛身上的塑像，然後他就將這幅創作留在地球不為人知的隱密處。黏土做成的野牛清楚說明藝術的演化之謎，亦即人為什麼要創造與消費藝術？即便這樣做需要付出許多時間與精力，而且沒有具體顯著的生理上的回報呢。（©Charles and Josette Lenars/Corbis）

當演化心理學家在爭辯人類是自私還是無私時，很明顯的事實是在許多情況下人都很慷慨。為什麼要慷慨？原因有很多：增加聲望、追求伴侶、吸引同伴、協助族人、做人情等等。慷慨不是為了特定的事，也不是由一種演化力量所形成。人類喜好故事也不例外，小說可能是**為了**許多原因存在。

比如哪些原因呢？

有些達爾文學派的思想家主張故事的演化來源是性的選擇而不是天擇。也許故事和其他藝術形式不只是**迷戀**性，也是高傲地展示我們的技術、智慧與創造力等心靈特

只要運用雙手與臉部表情，人不需要說出任何一個字就可以表達得很清楚。（Photograph by BaileyRae Weaver, www.flickr.com/photos/baileysjunk）

質，藉此作為**獲得**性的方式。我們可以翻回前幾頁，看看上一章那張孔山族的照片，注意看看照片中正在說故事的人，左邊那位年輕的女人看起來非常美麗，完全陶醉在故事裡，這就是我的意思。

故事也可能是一種認知遊戲。對於演化論文學家波依德來說：「一件藝術作品的創作就像心靈的遊戲場。」波依德認為藝術的自由創作，不論形式為何，對於精神上所產生的作用，就跟打鬧遊戲對身體肌肉的影響一樣。

故事可能是低成本的資訊來源，或者是替代經驗。或許我們可以修正霍雷斯的說法，故事的樂趣是**為了**教導。我們透過故事學習人類的文化與心理，不需要直接親身經歷耗費巨大成本。

故事也可以是一種社會的粘著劑，讓世人一起圍繞著共同價值。小說家賈納準確傳達了這個概念：「真正的藝術能創造出一個讓社會得以存在而非凋零的神話。」再回到孔山族，看看他如何將大家聚在一起，心手相連。

以上種種理論都說得通，我們之後會再回過頭來討論這點。但在此之前，我們需要處理另外一種可能性：故事根本不是為了任何目的而出現，至少沒有生理學上的目的。

嗑藥的大腦

當外星人「可瑞族」在美式足球賽中第一次和人接觸時，飛碟就降落在球場的五十碼線上。太空艙的底部打開一個口，伸出一條像舌頭的傾斜通道。飽受驚嚇的觀眾看到一個名叫「閃電」的外星人出現在通道口，搖搖晃晃地走下來。閃電表面是亮金色的金屬，耳朵像一隻小小、肉感的喇叭。他穿著一套紅色連身服，胸前有一道劈開的閃電圖案。閃電急忙走下通道，說：「古柯鹼。我們需要古柯鹼。」

在作家科賽爾的短篇故事〈入侵者〉中，可瑞族穿越宇宙只是為了尋找古柯鹼。地球人對此感到困惑，他們解釋那是因為可瑞族人的審美觀大不相同。在他們眼中，古柯鹼分子的美令人震撼，古柯鹼是宇宙間最卓越的化學交響樂。可瑞族**並不吸食**古柯鹼，他們把古柯鹼當作藝術來體驗。

在故事的結尾，閃電斜靠在巷子裡的垃圾袋旁，和一位吸毒的朋友一起哈一管煙。這個外星人終於坦承：「說什麼古柯鹼分子很美麗，根本就是自命清高。」閃電承認可瑞族人吸食古柯鹼只是為了「尋求刺激」。

這就是科賽爾故事的重點。小說就像古柯鹼，是一種毒品。世人為自己寫故事的習慣捏造高尚的美學（或者演化）的正當性，但故事其實只是我們用來逃避真實無聊與殘酷的生活而吞下的毒品。我們為什麼要去看莎士比亞的舞台劇、看電影或讀小說？最終，從科賽爾的觀點來看，這些都不是為了要拓展心靈、探索人類的現狀，或者是有任何高尚的理由。我們到頭來只是為了「尋求刺激」。

許多演化論者會同意科賽爾的立場。**故事為何存在？不為什麼**。大腦不是**為了產生故事而設計**，大腦皮層的皺褶使得它**很容易受故事影響**。千變萬化與光彩奪目的故事，僅僅是腦中臨時建構出來的驚喜。故事可以教育我們、深化我們、帶給我們歡樂。故事可能是人之所以為人最具有價值的原因之一，但這不代表故事有著生理學上的目的。

從這個角度來看，故事之於人的意義像極了與其他手指相對的大拇指，這個構造幫助我們的祖先生存下來並且綿延不絕。因此，故事更像是你手中的掌紋。不論算命師怎麼說，這些掌紋都不代表你未來的方向，它們只是因為手掌張開和握拳的動作所產生的痕跡。

我們可以舉例將這一點解釋得更清楚。我最近看了導演阿帕托所拍的一部諷刺喜劇「命運好好笑」，電影中亞當山德勒飾演一名罹癌的實境秀喜劇演員，劇情講述的是環繞他身邊的「兄弟之愛」。我喜歡這部電影，整部片讓我哭笑不得。

我為什麼會喜歡這部電影呢？如果小說只是演化過程中所衍生的副產品，那答案就很簡單：因為我喜歡有趣的事，而這部電影很有趣。我笑很久，笑會讓人感覺通體舒暢。除此之外，由於我是人，我好管閒事並且渴望八卦閒話。這部電影讓我得以偷偷地窺探人活在極端情況下的樣子，它讓我的腦袋沉浸在強烈的藥物反應中，伴隨著狂野的性、打鬥，以及帶有侵略性的幽默，卻不需要承擔真正使用藥物的風險。

其他演化論者可能會發現，把故事看作是「演化過程產生的副作用」這種觀點很難充分解釋一切。他們堅持事情沒那麼簡單。如果故事只是為了取樂存在，那就是可有可無，這樣一來演化老早就會把這麼消耗體力的活動淘汰才是。但故事普遍存在於人類身上這項事實，充分證明故事在生理學上的目的。好吧，或許他們說得沒錯。但真的這麼簡單嗎？真的是天擇過程所留下的基因，使得我願意花時間在「命運好好笑」和《哈姆雷特》上嗎？時間不是應該花在賺錢或者生產與從事其他在演化上有好處的事嗎？

不！因為我被小說深深吸引，而這與我對八卦、性以及恐懼侵犯等事情的著迷深深交織在一起。簡單來說，這就像要把嬰兒澡盆裡的洗澡水倒掉，卻想把嬰兒留在澡盆裡一樣困難，我們很難把演化論從故事的起源拿掉，卻不衝擊從心理學這個深具功能性且重要的角度所做的解釋。

如果你覺得大腦開始打結，其實你並不孤單。我無法百分之百肯定故事不是演化上的調適或者副作用，目前也沒有人知道。科學包含無數的猜想和反駁，當我們提出「為什麼有故事」這個具體的問題，我們基本上尚處於推測階段。我自己的觀點是，我們被故事所吸引是因為許多不同的演化因素。故事或許有演化的影子，就像我們可以用手指與大拇指當作鑷子。故事裡還有其他元素是演化過程的衍生物，就像我們手背所長出的斑點和毛囊。此外，有些故事要素現在看起來深具功能性，但

A片背後的拍攝場景。說故事可能只是發揮想像力所帶來的副產品。也許，有一天我們為了設計遊戲或其他實用目的而讓「心理擬真平台」進化，我們將體認到只要把小說上傳到平台上，就可以輕易動搖人類的心靈。這就像是電腦的演化，我們出於功利目的發明電腦，但很快就發現自己可以用電腦看那些一絲不掛的人做著調皮的事。（©Peter Turnley/Corbis）

一開始並不是針對此目的所設計，就像手可以彈鋼琴或敲打鍵盤。

接下來幾章，我們會探討故事在演化論上的優點，演戲的習慣有助於人類把個人或團體的角色發揮得更好。但在我們開始進入這些論點與證據之前，我們要先準備好回到托兒所，觀察小孩在演戲之中的打殺與混亂，為小說的功能找出相關線索。

小孩的作品

大人回想起自己兒時，那座用想像搭建出來的園地，往往有如天堂般，陽光普照的可愛樂園。不過，這個虛幻的樂園實際上不像天堂，反而比較像是地獄。小孩的遊戲並不是逃避現實，而是要處理人類眼前所面對的各種問題。擔任幼教老師的作家裴利提到扮演的遊戲：「不論這齣肥皂劇中的情節如何發展，這些主題非常廣泛且充滿驚奇。有著善與惡、生與死、父母與子女的形象，在真實與虛假的世界中來回進出。過程中沒有任何廢話，聽故事的人沉浸在哲學立論的篇章，這場遊戲以虛擬方式概括生命之謎。」

扮演遊戲實在是太有趣了。每一天，小孩進入一個世界，在那裡他們必須對抗黑暗力量、逃跑，並且為了生活而戰。本書有一部分是在我家廚房的餐桌上完成，而旁邊隨時都有一個虛幻的世界在改變。有一天，我坐在餐桌前，兩個女兒正精心策畫了一場逃家的戲。稍早，她們在後陽台上玩洋娃娃，並且在院子裡跑來跑去，尖叫說沙魚要吃掉她們（她們把筷子當魚叉，準備獵捕沙魚）。同一天稍晚，我暫時休息一下，陪小女兒安娜玩「小孩在森林迷路」的遊戲。她負責設定場景，她對我說：「假裝我們的爸媽已經死了，是**被老虎吃掉的！**」從此我們就住在老虎出沒的森林深處，必須抵禦老虎、保護自己。

小孩角色扮演的遊戲顯然和許多事情都有關：媽媽和嬰兒、怪獸和英雄、太空船和獨角獸，但是到頭來也只和一件事相關：麻煩。有時候麻煩就是一些瑣事，像辦家家酒的時候，嚎啕大哭的嬰兒不想喝奶，或是爸爸找不到他的名錶，但這些麻煩通常也存在於現實生活之中。下文這些毫無時間順序的故事是學齡前的小孩所編，老師現場問他們：「可以說個故事給我聽嗎？」底下就是他們的回答

- 這些猴子，飛到天空，這些猴子掉下來了。啾啾的火車在天空。我從天空中摔落水中。我上了自己的船，腿受傷了。爹地從天空摔下來。（男孩，三歲）
- 〔嬰兒〕蝙蝠俠離開媽媽身邊。他媽媽說：「回來，回來。」他迷路了，他媽媽找不到他。他像這樣跑回家〔她用手勢說明〕。他吃著馬芬蛋糕並且坐在媽媽的腿上。然後他休息一下。他像這樣非常努力地跑離開媽媽。我說完了。（女孩，

三歲）

• 這是個叢林的故事。從前從前有一片叢林，裡面住著許多動物，但牠們並不友善。一個小女孩闖進故事中，她很驚慌，然後鱷魚跑進來，故事結束。（女孩，五歲）

• 從前有一隻小狗叫史酷比，牠在森林裡迷路。牠不知道怎麼辦。薇瑪找不到牠。沒有人找得到牠。（女孩，五歲）

• 在拳擊的世界中。每個人早上起床，戴上拳擊手套開始打。其中一個人被打中臉，然後他開始流血。一隻鴨走過來說：「放棄！」（男孩，五歲）

這些故事有哪些共通點？他們篇幅很短而且內容粗糙。每一篇都有劇情，特色就是荒唐古怪的創意：啾啾飛天火車和會講話的鴨。此外，他們也都被一大堆麻煩事所困住：父親和小孩從雲端上直直落下；襁褓中的蝙蝠俠找不到媽媽；女孩遭遇鱷魚威脅；小狗在森林裡迷路；男人被重擊然後流血。

另一本不同的選集收錄學齡前兒童所說的三百六十個故事，故事也傳達相同的恐懼：火車輾過小狗和小貓；調皮的女孩被送到監獄；一隻小兔子玩火最後把房子燒掉；小男孩用弓箭殺了全家人；一名與眾不同的男孩用大砲把人的眼睛轟出來；獵人射殺三個嬰兒並且把他們吃掉；小孩將一百八十九把刀插入巫婆的肚皮殺掉她。這些故事充分印證戲劇學者蘇史密斯所說：「小孩口中所說的故事基本上不脫以下情節：被偷、被咬傷、奄奄一息、被踩踏、憤怒、報警、逃跑或跌倒。在他們的故事裡，描繪的是一個充滿流動、混亂與災難的世界。」

人世間的煩惱並不僅限於這些小孩編給心理學家看的故事。煩惱也充斥在家裡或托兒所上演的劇本。以裴利為一位學齡前兒童做的遊戲紀錄為例，三歲的瑪妮正在搖一張空的嬰兒床，對自己哼著歌，然後盯著一堆衣服下的娃娃手臂。

老師：「瑪妮，寶寶在哪啊？嬰兒床是空的喔！」

瑪妮：「我的寶寶去其他地方了。有人在哭。」（瑪妮停止搖動嬰兒床，開始四處張望。有一個男孩在沙堆上用剷子挖沙。）

瑪妮：「拉馬，你看見我的寶寶了嗎？」

拉馬：「有！她在森林深處，那裡非常危險。妳最好讓我去。她在我挖的洞下面。」

瑪妮：「你是爹地嗎？拉馬，把我的寶寶還給我。你如果找到她，我會對你好。」

老師：「現在她在森林深處嗎？」

瑪妮：「拉馬！她在哪？不要告訴我在洞裡。不！沒在洞裡，那不是我的寶寶。」

或者你也可以看看另外一段遊戲紀錄，裡頭有幾個小孩正在演出引人入勝、曲折迂迴的戲，劇情有炸藥與公主、壞人和被偷走的黃金、面臨危險的小貓，以及大膽的忍者蛙矮人。這段對話抓住小孩遊戲中近乎幻覺的創造力與旺盛的生命力，讀起來就像是杭特湯普森的作品。

「想像你是一隻青蛙，你在路上遇到一個壞人，但你並不知道他是壞人。」

「抓住！」

「他正在偷小貓！」

「抓住他！在那邊，抓住他！」

「打他！捶他，他拿到黃金了。」

「喵，喵，喵。」

「你的貓在這裡，白雪公主。」

「你們是小矮人嗎？這隻青蛙是小矮人嗎？」

「我們是忍者小矮人。這隻青蛙是忍者，小心！我們必須再把這個地方炸毀。」

男孩與女孩

裴利是麥克阿瑟基金會「天才獎」的得主，她把自己教育學齡前兒童與擔任幼稚園老師幾十年的經驗都寫進書裡。在她那本兒童人類學的經典小書《男孩與女孩：娃娃家的超級英雄》裡，裴利做了長達一年的性別心理學實驗紀錄。但裴利的出發點並不是要做實驗，而是希望讓自己的課程可以進行得更好，為此，她必須讓男孩遵守規矩。在裴利的班上，男孩就像是顆不定時炸彈，他們占領教室的角落，打造戰艦、飛船，以及各種戰爭武器，然後就開始鬧哄哄的可怕戰爭了。女孩則依偎在充滿洋娃娃的角落，在那裡她們用各種衣服打扮自己，照顧她們的寶寶、聊男朋友，而且通常會設法騙一兩個男孩過來扮演王子或爸爸。

裴利出生在一九二九年，整個教學生涯跨越美國文化結構劇烈變動的時期，尤其是男女在傳統性別角色上的變化。但在她整個職業生涯之中，所遇到的遊戲扮演卻絲毫沒有任何改變。裴利工作了五十個年頭，從一九五〇年代到二〇〇〇年代，女人逐漸轉入職場，男人也必須負擔家務。但在裴利的教室裡，時光似乎永遠停滯在一九五五年。這些孩子是性別刻板印象珍貴的小化身。

裴利——不僅是名可愛的老師，也是一位優秀敏銳的兒童觀察家——**討厭**這個現象。她的職業生涯大部分時間都待在芝加哥大學實驗學校，這所學校的價值觀和裴利個人的自由傾向相當一致。學生家長基本上都不買芭比娃娃給女兒，以免鼓勵偏差的身體意識，而且家長也幾乎不讓自己的兒子拿玩具手槍。

裴利沮喪地看著班上的性別角色逐漸刻板化。女孩就是那麼……**女孩樣**，她們玩洋娃娃、整天盼望王子降臨，非常文靜，不會打架或大聲喧鬧；她們嘴裡的故事通常和可愛的兔子和夢幻的粉紅河馬有關。而這些男孩就是那麼……**男孩樣**，他們亂衝、狂叫，而且愛搗蛋，他們拿玩具槍滿屋子掃射，到處都是想像出來的彈孔，還用炸彈把房子炸毀。由於教室裡禁止玩玩具手槍，於是他們用各種物品——例如蠟筆——做出外型神似手槍的玩具，而當這些物品統統被老師沒收時，他們還用手指當手槍。

最糟糕的是，當男孩扮演海盜或搶匪時，他們需要每個硬漢最需要的角色：受害者。有誰比這些女孩更適合當受害者呢？這些男孩不斷進攻、衝進女孩子洋娃娃的角落，收拾死傷然後拉走戰利品。這些舉動往往造成女孩哭泣，但並不是完全因為她們不喜歡被射殺或被搶，而是因為這些男孩會破壞她們的幻想。當星際大戰中的達斯維達與他的衝鋒隊不斷轟炸星球時，想要扮演灰姑娘是件難事。

裴利這本書記錄了她這一年來如何嘗試讓自己的學生跳脫性別框架，以及極具啟發性的失敗過程。裴利所用的把戲、條件交換、詭計沒有一項奏效。舉例來說，她強迫男孩在洋娃娃角落遊戲，而女孩在禁區遊戲。結果男孩隨即把洋娃娃角落變成太空船的駕駛艙，而女孩在禁區蓋出一間房子，恢復她們對家庭的幻想。

當裴利宣布自己完全敗給性別的深層結構時，整個實驗來到高潮。她決定讓女孩當女孩。雖然內心帶著自責，但她坦承這對她來說並不困難，因為她一直都比較贊同女孩相對文靜且有益於社會的遊戲形式。相較之下，讓男孩當男孩就比較掙扎，但她仍然做到了。裴利得到的結論是：「讓這些男孩扮演搶匪，或者成為太空中的硬漢，這是小男孩的本性，是放諸四海皆準、自然而然的遊戲規則。」

我認為孩子的扮演遊戲內容一直都在處理麻煩的問題，事實也的確如此。但康納在他的經典之作《童年的演化》提到，世界各地男孩與女孩的遊戲中確實存在性別差異。橫跨五十幾年以及各種文化所累積下來的大量研究，基本上符合裴利在美國中西部的班級上所發現的事實：男孩和女孩自動用性別來區隔自己，男生從事更好動、混亂的遊戲；幻想遊戲比較常發生在女孩之中，她們更細膩且更專注於扮演媽媽的遊戲。根據她十七個月來的觀察，可以看見並測量出許多性別差異，男生通常更有侵略性，比起女孩比較不愛照顧小孩。心理學家桃樂絲和辛格對這項研究提出總結：「大部分的時間裡，

一般而言賀爾蒙的角色（具體來説就是賀爾蒙對遊戲行為的影響）可以從一種叫「先天性腎上腺皮質增生症」（CAH）的失衡來説明，這種疾病會導致女性子宮分泌異常多的雄性賀爾蒙。有CAH症狀的女孩大致來説都很正常，但「受影響的女孩將傾向於喜歡玩男孩的遊戲，對於婚姻、母職、玩洋娃娃和照顧寶寶都興趣缺缺。」有CAH症狀的女孩和男生一樣喜歡混亂暴動，她們偏好「男孩」玩具，如卡車、手槍，而不是「女孩」的玩具，例如洋娃娃和打扮衣服。（Corbis）

我們可以在小孩的遊戲中看到截然不同的差異。一般而言，男生在活動中精力旺盛，他們會選擇冒險、大膽、衝突的遊戲，而女孩偏向於選擇撫育培養和包容的遊戲。」一

男孩居住的夢幻島其實相當危險，充滿死亡與毀滅的威脅。男孩在夢幻島的時光大部分都是在對抗或躲避各種威脅。女孩的夢幻島同樣危險，但身邊沒那麼多怪物與開膛手，也不會集中在各式各樣的體力遊戲之中。女孩所面對的難題通常不會這麼偏激，而是集中在日常生活中家裡出現的危機。

我必須強調，雖然和男孩遊戲相比，女孩遊戲中的傷害似乎較少，**看起來**沒那麼棘手，但危險和陰霾同樣滲透到洋娃娃的家中。比方說，裴利回憶起乍看之下女孩似乎都幸福地玩著母親和寶寶的遊戲。但靠近一點觀察會發現，首先，寶寶差一點喝下有毒的蘋果汁，接下來有個壞蛋想要偷走寶寶，然後寶寶「骨折」了，還幾乎被火燒死。

同樣地，裴利回想起一件事，有兩個女孩曾經分別扮演一九八〇年代電視卡通中的魔法人物彩虹仙子與飛馬，當時她們正一起吃晚餐。剛開始每件事都很順利，直到有個壞蛋勒奇出現。而這兩位可愛小女孩所扮的主角在迫不得已的情況下，只好用炸藥把勒奇殺死。

不像本書所談的其他主題（小說或夢），幾乎沒人會認為小孩辦家家酒是人類演化

過程中隨機出現的意外。兒童心理學先驅皮亞傑認為，兒童的異想世界是「一種混亂的狀態，而符合社會規範且有秩序的想法，會慢慢從這種混亂狀態中浮現」，但現在有這種想法的人肯定是少數。最近這段日子，兒童心理學專家同意扮演遊戲有其意義，並且具有生物學上的功能。遊戲在所有動物的行為中普遍存在，但在哺乳類動物的行為中最為常見，特別是聰明的哺乳類動物。針對各個物種的遊戲，最常見的觀點認為，遊戲是為了讓年輕一代預演成年人的生活。從這個觀點來看，遊戲中的小孩正是在訓練自己身體及大腦面對成年時期的挑戰，他們是在培養自己的社會智慧與EQ，所以遊戲很重要，也是小孩的工作。

兒童遊戲中的性別差異，投射出生物演化緩慢而文化演化較快速的事實。生物演化的速度根本就追不上過去一個多世紀以來發生在人類生活中的快速變遷。小孩的遊戲仍然是為了讓女孩走進廚房、男孩走入世界施展拳腳所做的準備。男人負責狩獵與戰鬥，女人從事大部分的採集工作及帶小孩，人類幾萬年來的生活與基本分工都是這樣的。人類學家不曾發現過任何一個文明，是由女人負責大部分的打鬥，而男人負責照顧小孩的。

寫到這裡，我覺得自己有點像詩人愛倫坡的作品〈黑貓〉裡那個說故事的人。在他把貓套上繩索吊在樹上之前，他先用刀子挖出貓的眼睛。他坦承自己的罪行並寫到：「當我寫下這該死的暴行時，感到臉紅羞愧、全身發燙、不寒而慄！」關於性別意識深植於生理因素的觀點，現在每個人幾乎都可以接受，卻仍然避免在文明社會中提到。因為這聽起來非常像是在說人類的潛能有限，尤其是女性走向文化地位平等的潛能有限。但因為便宜與可靠的避孕方式讓女性可以控制自己的生育，所以過去半個世紀以來，女性在生活上的驚人改變，應該可以稍微減少我們對「人類潛能有限」的恐懼。

當女兒安娜宣布自己的計畫是「長大要成為公主」之後，我感到相當不安。我說：「妳知道自己有其他可能，比如醫生。」安娜馬上回話：「我要成為一位公主與醫生，還有變成一位媽媽。」我笑著回她：「好吧！」

恐怖的兒歌

孩子遊戲中的血與淚源自何處？大部分可能出自我們講給他們聽的故事。舉例來說，《格林童話》中的小孩受到食人巫婆的威脅；狼匆忙吞下兩隻腳走路的豬；小氣的巨人與天真的小孩碰上可怕的死亡；灰姑娘是孤兒，和她沒有血緣關係的醜姊姊為了讓腳塞進小巧的玻璃鞋，居然切下腳跟的肉（這在她們的眼睛被鳥啄傷之前）。還有一個故事叫〈孩子的屠殺遊戲〉，故事出現在《格林童話》第一版，以下是整個故事的內容：

某天有個人在殺豬剛好被他的小孩看見。當天下午他們玩遊戲時，一個小孩對另外一個說：「你來當小豬，我當屠夫。」然後他便取出刀子刺進他兄弟的喉嚨。當時他們的媽媽正在樓上房間幫小兒子洗澡，她一聽到孩子的慘叫聲，立刻衝下樓，但為時已晚，她趕到時事情已經發生，小刀已經畫過小孩的喉嚨，她在盛怒之下，把刀子抽出來刺進那個扮演屠夫小孩的心臟。然後，她急忙上樓回到房間看看她在浴缸中的另外一個小孩，但此刻小孩已經淹死在浴缸裡。這個女人嚇壞了，陷入徹底的絕望，完全沒辦法接受僕人們的勸告，最後上吊自殺。當她的老公從外頭回家看到這些慘狀，整個人抓狂，不久之後也死了。

一般的童謠描寫的也都是壞事：寶寶從樹上的搖籃掉下來；小男孩弄殘一隻小狗；住在鞋裡的老女人鞭打自己餓到無力的小孩；用雕刻刀砍殺一隻眼睛看不見的老鼠；知更鳥被殺；傑克打破自己的頭顱。在一部收錄許多大家耳熟能詳的童謠選集，有篇評論算出裡頭有八件謀殺、兩件窒息死亡、一件砍頭、七起斷手斷腳案件、四件骨折等等。研究人員在另一項研究裡發現，目前的兒童電視節目，每一個小時約有五次暴力畫面，但念得出口的童謠則有五十二次暴力場面。

雖然現在寫給小孩的童話故事已經淨化，但仍然充滿令人不安的情節。舉例來說，當我講現代版「灰姑娘」給女兒聽，雖然已經把姐姐切掉腳跟的血腥內容刪除，但故事仍然描述著一件更糟的事情：一旦女孩摯愛的雙親去世之後，她就會落到那些瞧不起她的人之手。

因此，這些兒童想像世界中的風暴及爭吵，難道只是反應出我們在講故事給他們聽時所提到的麻煩嗎？全世

英國民間故事「老巫婆」的插圖。（出自*More English Fairy Tales*, ed. Joseph Jacobs, illus. John D. Batten, G. Putnam's Sons, 1922）

界的小孩所想像出來的世界之所以那麼危險，難道只是因為小孩接觸到的虛構故事正好都充滿了麻煩嗎？

這樣的可能性即使是真的，並無法真正回答問題，反而是帶來一個新的問題：為什麼**人類的故事**都落在麻煩上呢？

我認為這個問題的答案是解開小說之謎的重要線索。

地獄是故事的常客

就像電影畫面上戴著曲棍球面具的瘋子拿電鋸將人分屍；《哈姆雷特》中殺人、自殺、兄弟相殘與亂倫通姦的情節；希臘作家索福克勒斯筆下的悲劇、電視劇或者《聖經》裡的各種暴力、家庭內鬥與釀禍的性關係……這些講述失去與死亡的詩，都能帶給讀者莫大喜悅。

——平斯基《傷心手冊：失戀與悲傷的101首詩》

從前從前……有對父女來到一間雜貨店，他們走在陳列麥片的通道上。爸爸推著購物車，左前輪吱嘎作響。女兒麗莉才三歲，身上穿著自己最喜歡的衣裳。這件衣服色彩繽紛，剪裁流暢，她快速轉圈圈時，衣服會隨著她轉動的速度完美敞開。麗莉左手緊緊抓住父親的食指，右手握著已經被揉成一團的購物清單。

爸爸停在奇瑞爾麥片前，抓抓自己蓄著短鬍鬚的下巴問麗莉：「這次應該買哪一種麥片呢？」麗莉鬆開爸爸的手，攤開清單，把單子放在圓滾滾的肚子上弄平。她瞇著眼睛看著清單上整齊的女性筆跡，用食指數著清單上的品項，一副自己看得懂上頭的文字，然後大聲說：「奇瑞爾。」父親讓麗莉自己選了一大盒黃色包裝的麥片，把它堆在購物車另一側。

之後，這位爸爸清楚記得目睹這一幕的客人如何走過他們身邊，也會記得那些來購物的媽媽們經過購物車對麗莉的微笑，以及她們如何對他點頭表示讚許之意。他同樣記得那位滿臉痘痘的店員拿著拖把以及附帶輪子的水桶經過他身邊，水桶裡的水晃動著。他清楚記得麗莉的小手握住他的手指，即使在她放手之後，他的手指還感覺得到脈搏的跳動。

讓他印象最深的是一位戴著黑色眼鏡、紅色棒球帽，個頭不高的男子。他壓低帽沿，無精打采地站在帕塔餅乾所堆成的小金字塔前，低著頭對擦身而過的麗莉報以一抹淺淺的微笑，露出沾著口水微微反光的門牙。

這對父女往走道的另一端再前進，停了下來。麗莉抱住爸爸的大腿，爸爸則輕輕撫摸女兒的頭。盯著女兒塞到他手上的那盒甜麥片，聽到她說：「爹地，拜託！」父親一邊看著食品成分一邊慢慢搖頭，看得都出神了（這包麥片裡頭根本沒有所謂的食物，只有化學成分，像磷酸三鈉、紅色四十號色素、藍色一號色素、抗氧化劑，還有維他命B6）。他的眼睛掃過營養成分說明，算著糖與脂肪的重量。

他沒發覺麗莉已經放開自己的大腿，也沒察覺她的頭已經從他的大手下溜走。他的眼睛盯著手上那盒麥片，然後大聲地說：「很抱歉，寶貝！這東西對我們身體不好，如果我們買了，媽咪會很生氣！」

麗莉不發一語，爸爸轉身想要解釋，他知道女兒一定會雙手緊緊交握地站著，把頭壓低縮緊下巴直到貼近鎖骨，然後嘴唇嘟在一塊。但等他轉頭一看，卻沒見到麗莉，他慢慢轉身走動，依然看不到麗莉的身影。

那位戴著紅帽的小個子男人也不見蹤影。

現在想像這個故事的不同版本。

從前從前，一對父女來到超級市場，一路走到陳列麥片通道的盡頭，麗莉看到上頭印有可愛兔子的紅色盒子，她把脆司麥片丟到父親手上，然後抱住他的大腿撒嬌。這位父親根本懶得看上頭的成分標示，直接說：「抱歉，親愛的！這東西對妳不好，如果我們買了，媽咪會很生氣！」

麗莉放開父親的大腿，把頭從父親大手的保護下移開。用力跺腳，賴著不走，最後索性雙臂交叉，把雙手夾在腋下，皺著眉頭看著父親，而他則試著擺出不為所動的姿態，但很快就心軟了，女兒的魅力戰勝。於是爸爸把脆司麥片扔到購物車裡，露出一抹詭計得逞的微笑：「我們不怕媽咪，對吧！」

「耶！」麗莉回答，「我們不怕！」

兩人買了清單上列出的所有東西，然後開著小廂型車回家。媽咪只是作態對父女倆買脆司麥片稍微生氣一下，小家庭從此還是過著幸福快樂的日子。

小說與現實的差距

問問你自己比較想經歷哪個故事，第一個還是第二個？當然是第二個吧！前面那個故事根本是惡夢。但哪一個故事比較可能成為一部好的電影或小說？答案同樣很明顯。

前面那個故事引人入勝，讓我們急著想知道後續的發展：這位露出沾著口水還微微反光的牙齒的男人把麗莉帶走了嗎？或者她只是躲在帕塔餅乾的金字塔後頭，然後雙手摀住嘴巴偷笑呢？

現實生活中想要什麼（一趟平安無事的雜貨店之旅），跟小說中想要有什麼（充滿災難的旅程），兩者之間存在著巨大的鴻溝。我相信這個鴻溝裡頭有小說演化之謎的重要線索。

小說被視為一種逃避現實的娛樂。當我問學生為什麼喜歡故事，他們通常不願意給我最顯而易見的答案：因為故事令人感到快樂。他們知道這個答案太過膚淺，故事當然會帶來快樂，但為什麼呢？

所以學生們要挖掘出更深層的原因：故事之所以令人快樂是因為它能讓人逃避現實。生活很苦悶，而夢幻島令人輕鬆愉快。當我們重溫「歡樂單身派對」或者閱讀約翰·葛理遜的小說時，我們可以從現實壓力中解脫，獲得一小段的假期。生活追著我們跑，而我們躲進小說逃避現實。

但是，小說是逃避現實的說法與我們在說故事的藝術中所看到的深層模式有些出入。如果逃避現實的理論成立，我們所期待的故事，應該都是快快樂樂、充滿願望實現的模式。故事的世界裡，每件事情都應該走在正軌，而好人不會受苦。所以一般人想要看的故事，基本上是以下這種（所有故事都採取比較少用的第二人稱口吻，幫助讀者辨認出誰是主角）：

你是紐約洋基隊的游擊手，也是有史以來最偉大的棒球選手。本季，你面對投手所投出的四百八十九球轟出四百八十九支全壘打。你吃的食物是炸冰淇淋，這些炸冰淇淋不裝在碗裡，而是放在躺在你漂亮的床上、身上只穿緊身衣的模特兒光滑的肚皮上，讓你用湯匙挖來吃。不管你吃下多少熱量，都不會在完美的身材線條增加一點脂肪。從棒球生涯退休之後，你以高票當選美國總統，為世界帶來和平，並且能在有生之年看見自己的頭像被刻在拉希莫山的美國總統紀念園區。

當然我有點誇大，但你可以抓到這段話的重點：如果小說能讓你逃避現實，那這種逃避方式顯然相當奇怪。整體而言，各式各樣不同的虛構世界都是在躲避恐怖的事。小說可能讓我們暫時從煩惱中釋放出來，但卻是將我們丟入另外一連串新的麻煩之中，一個充滿掙扎、壓力與世俗榮辱的想像世界。

亞里斯多德的《修辭學》最先注意到小說的弔詭之處。我們被小說吸引是因為它能帶給我們歡樂。但事實上，小說裡大部分的情節，包括威脅、死亡、沮喪、焦慮、動盪不安，都讓人感覺很不舒服。細數暢銷小說中殘忍的場景，少不了大屠殺、謀殺與強暴，流行電視節目也是如此。再看看古典文學，伊底帕斯因嫌惡而刺瞎自己的眼睛，希臘神話中的美狄亞殺死自己的小孩，莎士比亞的戲劇舞台上到處都有流著屍水的屍體。這些盡是令人感到沉重的東西。

即便是小品故事，主角的身邊同樣圍繞著許多麻煩，讀者還是會不斷關心問題的結果：「阿呆與阿瓜」可以克服種種困難贏回出走的伙伴嗎？電視劇「歡樂酒店」裡的山姆和黛安，以及影集「辦公室」裡的吉姆和盼恩是否會在一起？在最新的小丑愛情故事中，那位懦弱的圖書館員是否能馴服強壯的森林警察呢？「暮光之城」的貝拉會選擇吸血鬼還是狼人呢？總之，不管哪一種小說，如果裡頭沒出現棘手的問題，就不叫故事。

反映生活？

如果故事純粹是願望的實現，那根本就吸引不了我們，但如果故事是顯示我們真實生活的樣貌呢？一部真正模擬現實的小說作品，或許描述的是一名會計師試著完成一件重要卻無聊透頂的任務：

這位中年男人坐在桌前，漫不經心地敲著鍵盤。即使只有自己一個人，搔癢時都還需要偷偷摸摸。他轉轉脖子扭扭頭，睡眼惺忪地盯著螢幕。他抱著希望看看整間辦公室，試著找到一個不用工作的藉口。整理一下東西，找看看有沒有東西吃。他慢慢轉動屁股下的椅子。一次、兩次。當轉到第三次，他看到窗戶中自己的臉，對著鏡中反射的臉擺了一個凶殘的表情。他用手指比畫一下眼袋，接著前後晃晃自己的腦袋，喝了一大口冰涼微酸的咖啡，之後視線繼續回到螢幕上。他敲了幾下鍵盤，然後動動滑鼠。隨即他又想到應該要再檢查一下電子郵件信箱。

這段文字不像是一篇預告有事即將發生的故事。（舉例來說：**這男人突然看到一個陌生、沒穿衣服、肥胖的女人出現在窗戶。她站在他身後，握著一把刀抵住他的背，又或者她可能只是伸出中指侮辱他。**）想像如果這個故事繼續發展下去，沒有任何有趣的事情發生，那就會是十五個無趣又難看的章節。

事實上，有些作家已經做過類似的實驗。所謂超現實小說就是要廢除傳統小說中那種老舊的情節設計，試圖呈現出我們實際體驗過的生活片段。根據犯罪小說作家倫納德描述，自己的作品就是要將生活中所有令人煩悶的部分剪掉，而超現實主義小說又把這些片段黏貼回來。

從實驗的角度來看，超現實主義相當有趣，但就像大部分有別於傳統說故事習慣的小說一樣，閱讀起來幾乎沒有幾個人受得了。超現實主義小說之所以有價值的原因在於，藉由呈現小說**不是什麼**幫助我們了解小說**是什麼**。超現實主義失敗的原因和純粹追

吉辛。吉辛在一八九一年寫了一本小說叫《新格拉布街》，小說裡的主角畢分寫了一本名為《雜貨商貝利先生》的書，描述一個平凡雜貨商的生活，內容完全貼近真實的細節，幾乎沒有任何劇情的起伏。畢分的小說故意寫成「說不出來的無聊枯燥」，說的是一個人單調呆板的生活。這本小說是藝術作品，但閱讀起來絕對是單調乏味。由於畢分對於愛情與藝術感到相當絕望，最終用毒藥結束自己的生命。（出自*George Gissing: a critical study*, Frank Swinnerton, Martin Secker, 1912）

求願望實現的故事是一樣的，因為兩者的情節設計都缺了重要的故事元素：麻煩。

普遍公式

小說，不論是小孩的家家酒還是民間故事，或者是現代的戲劇，講的都是麻煩。亞里斯多德是最早看出這點的人，而現在這已成為英國文學課程與創意寫作的教材。布洛薇的書《寫小說》對此議題的態度也相當堅決：「衝突是小說的基本要素……衝突在生活中通常帶有負面的意義，但在小說中，不管是喜劇或悲劇，戲劇性的衝突都不可或缺，因為在文學中只有麻煩是令人感到有趣的，然而在生活中並非如此。」就像巴斯特在另一本書中提到小說時說的：「地獄是故事的常客。」

故事談的是麻煩，這個觀點如此常見，幾乎快變成老生常談了。但正因我們對故事中的麻煩如此熟悉，以至於我們近乎麻痺，沒發現這有多麼奇怪。它所代表的意義就是，人類的故事，不論表面上有多瘋狂，骨子裡頭都有一個共同的結構。我們可以把故事的結構想成骨架，在血肉與各式各樣的表皮覆蓋之下，我們鮮少會注意到支撐一切的骨架。這組骨架有點像是軟骨，具有延展彈性。但彈性總是有限，骨架仍會限制故事所講述的方式。

世界各地所有故事的內容幾乎都是人（或者擬人化的動物）和麻煩。這些人急於得到某些東西，想要生存、贏得佳人芳心或男孩的青睞、尋找失蹤的小孩。但在主角與所求事物之間總是存在著顯而易見的巨大阻礙。凡是故事，不論喜劇、悲劇或愛情浪漫劇，講的都是主角付出一些代價來取得他或她所渴望的一切。

故事＝主角＋困境＋試圖解脫

以上就是故事的主要公式，看起來非常奇怪，因為故事應該**可以**有不同的鋪陳方式才對。舉例來說，我們從過去到現在都一直認為，逃避現實的幻想完全

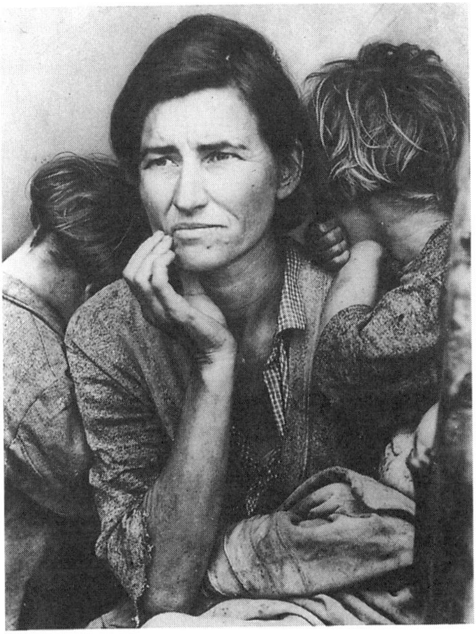

故事盲目遵循深層結構模式，這個觀點乍聽之下似乎令人感到有點沮喪。但我們並不需要過於沮喪，想想人的臉孔，事實上人類的臉看起來都非常類似，但我們並不會因此對臉孔失去興趣，否則那些特別漂亮或獨特長相就不會讓我們感到訝異。威廉．詹姆士曾經寫到：「人與人之間的差異非常細微，但這細微的差異的確非常重要。」故事也是如此。（Dorothea Lange/Library of Congress）

是追求願望實現。但是，小說的主角過著幸福快樂的日子之前，都一定要先和災難周旋，然後才能獲得好運。當英雄所面對的困境愈是棘手，我們就愈喜歡這個故事。

多數人認為小說是一種不受羈絆的藝術創作形式，其實這只是在一個牢籠限制下所能展現的創意。不論故事的創作者是否意識到，他們幾乎都是在問題結構的局限底下創作。他們寫故事都環繞著一套模式：複雜的問題、危機，並且讓問題得到解決。

過去一百年來，有些作家試著掙脫身上的鎖鍊，想從問題結構的牢籠中解脫。文學上的現代主義運動之所以出現，是因為大多數的作者驚覺自己是在慣例與公式所搭建起來的圍牆內工作。他們試著找出某些跟人性一樣久遠的事，也就是找出說故事的渴望，並且「大破大立」。

現代主義者試圖超越傳統故事無異是種英勇的行為（是注定失敗但崇高的反叛）。底下這段文字摘自喬伊斯的作品《芬尼根的守靈夜》，可以充分表現出整本書的味道：

珍珠！金剛鸚鵡遍地都是！花。雲。但布魯托與卡西奧只意識到三件事，嘴巴吐出的任性（’tis demonal!），像一個影子蓋過一個影子那麼複雜，還有日常需求的函數，他們打斷爭吵。沙卡摩悲壯出擊，古人的憤怒，每條道上的兩旁布滿榮光。如果她愛賽格要比她離開魯門的呻吟還要果決？這就是氧氣掌握他們半個世界的方式，在自由的空氣中遊走，混在人群中，要不是這樣，就是那樣。*

這本書和喬伊斯名著《都柏林人》那樣的傳統小說完全不同，《芬尼根的守靈夜》根本不可能受到讀者喜愛。崇拜這些天才之作並不難，這本書所展現的語言創造力令人讚嘆不已，喬伊斯耗費十七年以幾乎半瘋狂的狀態寫出近七百頁的作品。你可以盛讚《芬尼根的守靈夜》是藝術上的反叛行動。但它不像其他故事讓你靈魂出竅，也不會讓你被故事的劇情發展所感染，因此你根本無法樂在其中。

斯泰因曾經誇耀自己跟喬伊斯、普魯斯特一樣，寫出來的小說「根本沒什麼要緊的事……從我們角度來看，事件根本就不重要。」沒什麼劇情的小說，除了英國文學系的

---

*原文：Margaritomancy! Hyacinthinous pervinciveness! Flowers. A cloud. But Bruto and Cassio are ware only of tirfid tongues the whispered willfulness, ('tis demonal!) and shadows shadows multiplicating(il folsoletto nel fasoletto col fazzolotto dal fuzzolezzo), totients quotients, they tackle their quarrel. Sickamoor's so woful sally. Ancient's aerger. And eachway bothwise glory signs. What if she love Sieger less though she leave Ruhm moan? That's how our oxyggent has gotten ahold of half their world. Moving about in the free of the air and mixing with the ruck. Enten eller, either or.

教授，實在沒什麼人想讀。你或許會感到懷疑，畢竟《芬尼根的守靈夜》這種實驗性質的小說仍然在出版，但這些小說大部分是賣給那些帶著使命感、想接受文學經典作品磨練的文青，不然就是賣給那些要逼自己假裝已經讀過各種巨著的大學生。

正如語言學家杭士基所指，人類的語言都具有基本結構的相似性和普遍的公式，我認為故事也是如此。不論我們回溯多久之前的文學歷史，不論我們多深入民間故事的叢林與荒地，我們都會發現同樣令人驚奇之事：**他們的故事和我們是一樣的**。世界各地的小說都有一套普遍的公式，一種根深柢固的模式，講的都是英雄如何面對困難並努力克服的故事。

這套公式不只是骨架結構上相近，包括內容也很類似。正如許多研究世界文學的學者所指出，所有的故事大都圍繞著幾個大主題，普遍集中在描寫人類所面臨的巨大困境。故事談的是性與愛，是對死亡的恐懼，是對生活的挑戰。此外，故事寫的還有權力：渴望發揮影響力並逃避他人的征服。故事不會關心洗澡、開車上班、吃午餐、感冒或煮咖啡這些日常瑣事，**除非這些小事與更大的困境連結**。

為什麼故事會集中在一些大主題上呢？為什麼他們的故事結構如此著重於刻畫生命所遭遇的麻煩呢？為什麼故事總是寫這些題目而不寫其他內容呢？我想這些問題的答案

其實也就是故事存在的主要功能，因為人類心靈是**為了**故事而被塑造出來的，因此人類心靈也會**被**故事所改變。

代替我們死去的英雄

海軍戰鬥機的飛行員肩負許多不同任務，但他們最大的挑戰也許是讓一架重達兩萬兩千七百公斤，裝滿燃料與炸藥的飛機，降落在一台時速五十五公里且跑道只有一百五十公尺長的航空母艦上。航空母艦體積龐大、威力十足，但大海也不遑多讓，整條跑道幾乎被巨浪淹沒。航空母艦的甲板上布滿了人與飛機，船艙裡有幾千條性命，一排排可怕的導彈與炸藥，還有一組核子反應爐。海軍飛行員在各種天候條件以及伸手不見五指的深夜中把飛機停在狹長的降落帶。他們必須準確降落讓飛機安然無恙，不能害死自己船上的同袍，也不能引發核子災難。因此，讓年輕的飛行員嘗試真正的降落之前，教練必須帶他們進入飛行模擬器，以便能提供更多實務飛行及降落經驗，這樣就無需擔心會因練習造成死亡或真正的災難。

把一台戰鬥機降落在航空母艦上相當複雜，要探索人類社會生活的錯綜複雜更是如此，失敗的後果幾乎一樣慘烈強大。無時無刻，只要有群人聚在一起，就可能結成伙伴、交朋友，或吵架。

因此練習相當重要。人會在平常無關緊要的情況下練習投籃或小提琴，這樣才能在籃球場上或是演奏廳等重要場合表現得更好。根據波依德、平克和蘇姫亞瑪等演化論者的說法，閱讀故事就是在培養你自己在社會上生活所需要的關鍵技巧。

這在演化心理學上並不是新的論點，這種說法是傳統上解釋小說何以存在的其中一種變形。舉例來說，布洛薇認為小說最主要的好處就是，無須負擔太高成本就能擁有替代經驗，尤其是情感經驗。正如她所說：**「文學讓我們可以不需要付出成本就能體驗感覺**。小說讓我們愛人、罵人、原

HBO情境喜劇「人生如戲」提供了一套大師課程，探討社會存在著哪些危險的內化過程。大部分的劇情中，患有亞斯伯格症候群的主角大衛（如圖片所示）因為不了解且不能適應人與人之間互動的古怪默契，而犯下令人困窘的失禮之過。（David Shankbone）

諒人，讓我們懷抱希望、恐懼與憎恨，卻不用承擔實際去體驗這些感覺時所需冒的風險。」

心理學家，同時也是小說家的奧特利說，故事是人類社會生活的飛行模擬器。正如飛行模擬器讓飛行員可以接受安全的訓練，故事讓我們可以在安全的訓練模式中接受社會的重大挑戰。小說就像飛行模擬器一樣，把我們丟進一個激烈的問題模擬器裡，彷彿跟我們在現實生活中所遭遇的情況一模一樣。這種用小說情節模擬真正問題的主要優點，是讓我們可以擁有豐富的經驗，例如我們可以模擬遇上一個危險人物，或者勾引有夫之婦、有婦之夫時會發生什麼樣的結果，而最終不必賠上生命。故事中的英雄可以代替我們犧牲性命。

所以，按照這樣的邏輯推論下去，我們尋找故事，是因為我們可以從中獲得歡樂。但我們天生就喜歡故事，是因為這樣可以獲得練習的好處。小說是古老的虛擬現實科技，專門在模擬人類的問題。這是有趣的理論，但有證據顯示故事可能不僅僅只是呈現問題，它也能克服問題嗎？

模擬就是一種行動

我正在看的電視節目突然切入一段美式足球聯盟NFL的廣告。正當我想轉台時，廣告吸引了我的注意力。電視畫面以慢動作播放一個皮膚黝黑的男孩跑過一大片綠地，直衝向我的客廳。男孩面帶微笑，驚喜地瞥向他右邊的某個人或某個東西。突然間，休士頓德州人隊高大帥氣又年輕的防守線鋒從畫面外衝進來。他一把抱起正在咯咯笑的男孩，就像抱著一顆美式足球在鏡頭前奔跑，畫面持續以慢動作播放，男人與男孩的臉上都充滿微笑。我自己一人坐在客廳，受到廣告的刺激，忍不住開懷大笑。

一九九〇年代，在偶然的情況下，義大利神經科學家發現了鏡像神經元。他們將電極植入猴子大腦中，以便觀察各神經區域所負責執行的功能，例如讓手伸出去或用手抓花生。簡而言之，科學家發現猴子大腦中的特定區域不僅在他們自己抓花生的時候會發亮，連看到其他猴子或人抓花生時也會發亮。

從此就有各種關於猴子和人類鏡像神經元的研究。許多科學家現在相信，我們身上的神經網絡，在我們做一項動作或者經歷某些情緒時會活躍起來，而當我們看到其他人做同樣的動作或者經歷相同的情感時，神經網絡也會起相同的反應。當鏡像神經元反應發生在大腦，或許就可以解釋為什麼心理狀態具有感染力，以及我看到

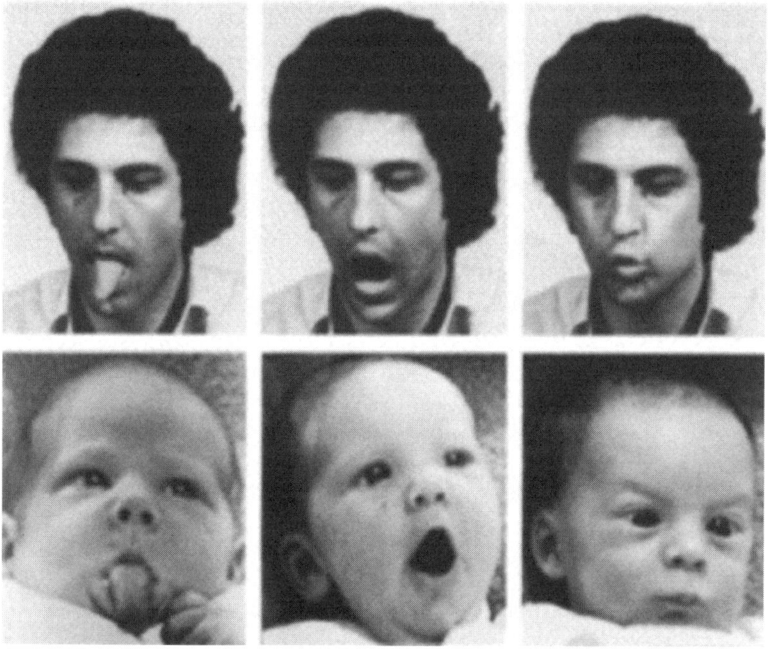

剛出生的嬰兒模仿臉部表情，梅佐夫和他的同事認為，鏡像神經元有助於解釋剛出生四十分鐘的新生兒為何可以模仿他人的臉部表情和手的姿勢。（出自Andrew N. Meltzoff and M. Keith Moore, "Imitation of Facial and Manual Gestures by Human Neonates." *Science*, 198, 1977, 75-78）

ＮＦＬ的廣告時所產生的反應。足球員和男孩臉上憨厚的笑容，觸動了我大腦中的鏡像神經元。我真的感受到他們的快樂。

鏡像神經元或許也撐起我們在腦中模擬想像的能力。鏡像神經元的研究先驅亞科波尼寫到，電影對我們而言是如此逼真：

因為在我們大腦中的鏡像神經元會為我們複製在銀幕中所看見的苦難。我們對小說中的主角能感同身受，我們能知道他們的感覺，因為我們自己真的經歷過相同的感覺。當我們看到電影明星在銀幕上接吻時會怎樣？這個畫面同樣會點燃我們大腦裡頭那些細胞，就像我們親吻自己的愛人。「替代」這個詞彙並不足以描述這些鏡像神經元的效應。

任何領域的科學一旦興起，爭議也會激化。有些研究神經的專家信心滿滿，認為我們可以透過神經元的模擬，理解另外一個人的內心世界，用我們自己的大腦反射出另外一個人的大腦狀態。有些科學家對此推論的態度則比較謹慎。但無論鏡像神經元究竟能不能成為最終的解釋，我們從實驗室的研究得知，故事對我們的影響不僅作用在心理上，也作用在生理上。當主角陷入險境，我們的心跳加快、呼吸急促、汗流浹背。看驚悚電影時，看到受害者遭到攻擊，我們的身體會防衛退縮。當英雄和壞蛋爭吵時，我們會坐立不安，幾乎想要揮出一記重拳。我們隨著電影「蘇菲的選擇」承受內心的煎熬與慟哭。我們看「憨第德」或「賭城風情畫」時會大笑到肚子痛還欲罷不能。我們在看「驚魂記」裡頭淋浴的畫面時不斷嚥口水與冒汗，並且用手捂住眼睛偷看，我們所承受的創傷如此真實，以至於接下來幾個月都堅持泡澡，不敢淋浴。

在《媒體公式》一書中，作者兼電腦科學家的里維斯及納斯證明，人類對故事和電腦遊戲的反應，和他們對於真實事件的反應一模一樣。對於里維斯與納斯而言「媒體等於真實生活」，就算知道小說只是虛擬的產物，並不妨礙帶有情感的大腦把它當真實情境處理。這就是為什麼我們會有如此強烈愚蠢的渴望，對著殺人魔電影中的女主角大叫：「**放下電話，趕快跑！看在老天的分上，趕快跑！跑！**」我們對故事情節的刺激反應如此自然，因此當心理學家要研究人類的情感反應（例如悲傷）時，他們往往會讓研究對象看「老黃狗」或「愛的故事」等賺人熱淚的電影。

從研究的角度來看，此時此刻，人對於小說的反應屬於神經元的層面。當我們在電影中看到某些驚悚、性感或危險的劇情時，大腦的某些神經元會產生反應，就像這些事情真的發生在我們自己身上，而不只是電影上虛構的情節。例如，在達特茅斯大腦實驗室，由肯芮所帶領的科學家讓受測者觀賞克林伊斯威特主演的西部電影「黃昏三鏢客」，同時用功能性核磁共振儀器掃描他們的大腦。科學家發現觀眾的大腦能「捕捉到」銀幕上所演出的任何情感。當克林伊斯威特生氣時，觀眾的大腦看起來也在生氣；當劇情發展到悲傷的情節時，觀眾的大腦看起來也和劇中人一樣難過。

在另一個類似的研究中，由賈比所領導的神經科學團隊安排受測者接受核磁共振掃描，並讓他們看一小段畫面，畫面中有人喝了一杯東西之後表現出扭曲痛苦的神情。他們也掃描受測者聽到研究人員大聲朗讀一小段腳本的大腦反應，這段腳本要求受測者想像自己走在街道上，意外撞上一個酒醉嘔吐的行人，而且還伸手接住對方嘴裡吐出來的

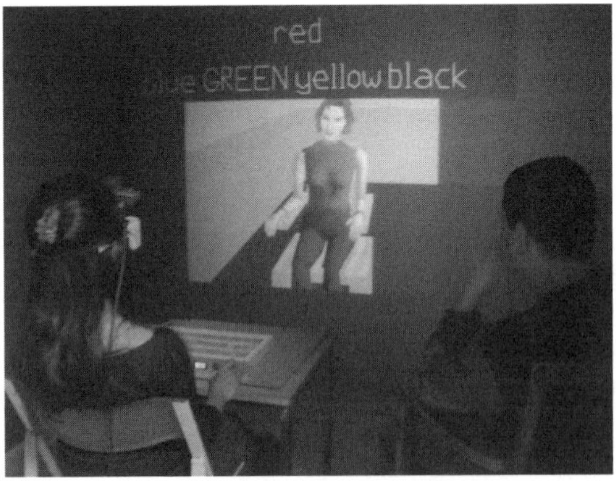

科學家早已開始進行虛擬人類的實驗。圖片是倫敦大學學院正在複製米爾格倫著名的電擊實驗，只不過他們電擊的是一個虛擬的卡通人物，而不是活生生的人。儘管實驗的參與者都知道所有安排都是假的，但他們在心理上與行為表現上都讓人覺得電擊是真的。（Public Library of Science）

東西。最後，科學家在受測者真的嚐到令人噁心的飲料時，掃描他們的大腦。結果顯示，大腦中掌管嘔吐的前腦島，在前述三種情況下都亮了起來。正如其中一位神經科學家所說：「這代表不論我們是看一部電影或者閱讀一篇故事，都發生了相同的事，亦即當我們覺得噁心的時候，大腦掌管噁心感覺的區域都會受到刺激，這也就是為什麼讀書和看電影能讓我們直接感受主角所經歷的一切。」

這些「大腦對於虛構故事如何反應」的研究，基本上和人為何要說故事的問題模擬理論一致。他們指出，當我們遇見虛構情節時，我們的神經也會被觸動，彷彿我們真的面對蘇菲的選擇，彷彿當我們放鬆地享受淋浴時，殺手會突然間扯下浴簾一樣。

這個答案看似很具說服力，一直沉浸於解決虛擬問題，可以增加我們處理真實問題的能力。如果真是如此，那小說會透過這種方式回饋到我們大腦。這就是神經科學的赫布理論：「一起發射的神經元連在一起。」當我們練習一種技巧，我們會進步是因為不斷重複工作，因而建立起更緊密且更有效率的神經連結。這就是我們為什麼要練習的理由：在我們的大腦中建立凹槽，讓我們的行動可以更清晰、更快速、更可靠。

我應該針對這一點，區分我所描述的問題模擬器模式，以及一套由平克所倡導的相關模式。在那本突破性的著作《心智探奇》一書中，平克認為閱讀故事讓我們產生一套面對未來難題的心理準備，以及產生一套行得通的解決辦法。藉由這種方式，認真的西洋棋選手可以牢記最佳的應對策略，以便能回應各式各樣的攻防戰，我們栽進虛擬的遊戲計畫中，讓我們可以做好面對真實生活的準備。

但是平克的模式還是有缺陷。有些批評者指出，小說可能會把真實生活導向糟糕的結果。如果你真的將小說裡的解決之道套用在自己的實際問題上，會有什麼樣的結果。你最後可能會成為像發瘋的唐吉訶德一般的滑稽人物，或者悲慘如感情受騙的包法利夫人，他們兩個都是因為混淆了文學幻想與真實情況而誤入歧途。

除此之外，平克的觀點還有另外一個問題，他似乎過於依賴清楚的記憶，亦即我們有意識去碰觸的記憶。但回想過去幾年的事，哪一本小說或電影對你產生最深刻的影響？你現在真正記得的內容有哪些？如果你跟我一樣，可能會記得幾個主要角色，或是作品的重點，但令人難過的是，內容的枝微末節幾乎都已經消失在失憶的迷霧中，而這還是那些最讓你感動的故事。現在請回想同一時期上千部的情境喜劇、電影或散文小說，那些作品幾乎沒有任何細節留在你的記憶之中。

但我所描述的模擬模式，並非倚靠被我們儲存得又正確又實用的虛擬情節。我的模擬模式依賴的是**模糊記憶**，指的是我們的大腦知道但「我們自己」並未察覺的記憶。模糊的記憶無法進入有意識的大腦，而是隱藏在無意識的過程中，例如開車、換高爾夫場，甚至在雞尾酒會這種放鬆的場合裡保持警戒以避免犯錯。模擬模式所根據的研究理論是：「任何技巧經過真實排練……都可以讓演出效果更好，不論是否能明確記得整個訓練過程。」當我們經歷虛擬的情節，大腦就被觸動，進行連結，並且修整神經路徑，讓這些路徑來制約我們對真實體驗的反應。

好幾年來，研究人員都在這個論點上繞來繞去，但在證明工作上卻僅有一些小小的進展。並非因為這個論點無法測試，而是因為研究人員就是不習慣探究文學問題的科學反應。海軍的行政人員觀察飛行員在經過模擬器的

「一個失序的世界，從他的書中挑選出來，塞進他的想像。」塞萬提斯的《唐吉訶德》（一六〇五～一六一五）（出自*The History of Don Quixote*, Miguel de Cervantes, illus. Gustave Doré, Cassell and Co., 1906）

訓練之後，是否比那些啟用模擬機之前就開始駕駛的飛行員變得更熟練（不計算存活率），藉此測試模擬飛行是否有效。研究結果相當清楚：飛航模擬器有用。同樣地，如果小說的演化功能（至少部分的功能）在於模擬生活中的大難題，那閱讀大量小說的人比起沒看那麼多小說的人，應該擁有更多的社會能力。

找出答案的唯一辦法就是從事科學研究。心理學家奧特利、瑪爾以及他們的同事率先投入了這個領域，其中一項研究結果發現，如果用社會能力與同理心作為指標，大量閱讀小說的人，比起習慣閱讀非小說的人，擁有較好的社會技能。他們也認為，這並不是因為社會能力比較好的人，比其他人更容易受小說的吸引。他們的第二個測試嘗試把個人特點納入考慮，例如性別、年齡和智商，心理學家仍然發現喜歡閱讀大量小說的人比喜歡閱讀非小說的人，在社會能力的測試表現較為出色。換句話說，如奧特利所說，社會能力的差異「可以從一個人平常讀什麼書獲得最好的解釋」。

這些研究發現並非不證自明。例如書呆子或整天宅在家裡沙發上看電視的人，外界對他們的刻板印象會讓我們以為小說是降低而不是增加人的社會能力。

因此，底下是我們到目前為止所發展出的核心論點。小說是有力且古老的擬真科技，可以模擬人類生活中的重大困境。當我們拿起一本書或者打開電視時——咻！——

我們瞬間進入一個平行的宇宙。我們如此貼近主角的奮鬥，因此我們不只同情他們，還強烈地感同身受。我們能**感覺到**他們的快樂、欲望與恐懼；我們的大腦隨著他們身上所發生的一切產生變化，就好像真的發生在我們身上一樣。

在回應小說的刺激時，我們的神經一直受到觸動，強化並訓練我們的神經路徑，讓路徑引領我們有技巧地探索生活問題。從這個觀點來看，我們被小說吸引不是因為神經路徑的演化，而是因為閱讀小說對我們的生存發展有利。由於人類的生活，特別是社會生活，往往極度複雜，風險也相當高。小說情節讓我們的大腦練習回應各種挑戰，這訓練往往是我們身為人類最關鍵的成功因素。此外，後續的篇章還會讓我們看見，太陽下山之後，我們仍然不會停下模擬的腳步。

4 夜裡的故事

「豬夢見橡子，鵝夢見玉米。」

——匈牙利諺語，引自佛洛伊德《夢的解析》

我人正躺在床上，全身冒著冷汗，呼吸急促，完全動彈不得，只剩眼皮下的眼球還能轉動。末日黃昏，我和三歲的女兒手牽手走在一望無際的沙漠，腳底下踩著乾枯龜裂的沙礫層。

我坐在高高的沙漠峽谷邊緣，晃動雙腳，看著峽谷下正在舉行的運動賽事。此時此刻是深夜時分，運動員用火照亮整個峽谷，沿著牆面的亮光起伏就像波浪一樣。我看著表演不禁微笑，樂在其中，像個小男孩在峽谷邊擺盪著我的雙腳。

女兒沉浸在她自己的世界裡，沿著懸崖邊跳舞，旋轉著身體讓裙子和頭上的馬尾隨風飛揚。我望著她，聽到她正對自己輕聲哼唱，對自己光著腳沒穿著高跟鞋的腳趾頭眨

（D. Sharon Pruitt）

眼。我回她一抹微笑，專注欣賞每一件事，然後把頭轉回賽事。

轉眼間她掉落懸崖，我應該跟著她跳下去，但身體卻一動也不能動。

我感到一股前所未有的絕望，內心有著難以承受也無法言喻的痛楚。無情、不為所動的死神帶走她，再也不會把她還給我。

當我從夢裡掙脫，死神也鬆開她的手，我恐懼地躺在黑暗之中，懷疑這是不是一個奇蹟。我最虔誠與幾乎不可能達成的願望真的實現了嗎？我躺在床上將一名無神論者的感恩祈禱送入虛空。

每個晚上的沉睡，使我們漫步在真實世界之外的另一個向度。我們在夢境之中感到極度的恐懼、悲傷、歡樂、憤怒與渴望。我們犯下惡行、遭逢悲劇，偶爾會有性高潮，偶爾會飛翔，有時會死去。當身體處於睡眠狀態，不安分的大腦仍在我們的心靈小劇場即興創作出一幕幕戲劇。

小說家賈納將虛擬故事比喻成「栩栩如生而且不間斷的夢」，但如果把夢稱作是「栩栩如生而且不間斷的故事」也並不為過。研究人員習慣將夢說成是「有敘事結構的感官幻覺」。實際上，夢就是夜晚的故事，他們關注故事的主角（通常是作夢的人）如何努力達成欲望。研究者甚至提到夢必然和第一堂英文寫作課的基本字彙相關，如情節、主題、人物、場景、布景、角度、觀點。

夜晚的故事充滿神祕。誰不會對自己作夢時腦中那些神經兮兮的創造力感到訝異？當我們夢到自己全身赤裸出現在教堂，或者殺害某些無辜的生命，或是畫破天際的尖叫聲，這些代表什麼意義？夢中你發現自己人在浴室，全身僵硬充滿恐懼地注視前方，彷彿一隻邪惡的精靈坐在洗衣籃上自慰，而你的母親在門外徘徊，你望向鏡中，發現只有你自己，根本沒有精靈蜷縮在洗衣籃上，這個夢境又代表什麼意思呢？每個人都曾想過，就像我在那場令人冒汗的沙漠夢境所做的事情一樣，為什麼大腦要選擇接受整夜的夢境來折磨自己呢？為什麼我們要作夢？

數千年以來，夢都被解釋為一種來自靈魂世界帶有特殊密碼的訊息，需要透過牧師和巫師來解密。接著，在二十世紀，佛洛伊德的信徒得意洋洋地宣稱夢確實是從「本我」而來、經過加密的訊息，只有和牧師一樣的精神分析師可以解碼。為了掌握精神分析學派如何詮釋夢境，來看看克魯對佛洛伊德最有名的個案研究所做的註解，那就是狼人潘奇夫。

佛洛伊德決定找出潘奇夫病源的主要場景。他藉由潘奇夫腦中約莫是四歲時所作的一場夢，進行赤裸裸且武斷的詮釋，將夢中的場景具體化，夢裡有六、七隻白色的狼（之後，佛洛伊德不得不承認那是狗）坐在窗外的樹下。佛洛伊德解釋這些狼代表父母，而白色象徵床罩，牠們靜止不動傳達的是反向意義，是指性交的動作。以同樣大膽的邏輯來看，牠們的大尾巴是閹割的象徵；白天就是夜晚；這一切事物都可以追溯到潘奇夫在一歲時曾經三次以上看見父母以背後式做愛所留下的記憶，他從嬰兒床中看見一切，並且嚇壞了，於是把自己弄髒，以示抗議。

現代許多研究夢境的科學家根本對佛洛伊德學派的傳統不屑一顧。當代研究夢境最傑出的科學家霍布森宣稱，精神分析對夢境的解讀就像在吃「幸運餅乾」，靠的是運氣。對於霍布森這樣的研究者來說，尋找隱藏在夢裡頭的象徵意義，只是徒勞無功浪費時間。以佛洛伊德對於夢境（顯而易見的）外在與（隱而未顯的）內在之間的衝突為例，霍布森大喊「外顯的夢就是夢，就是夢，就只是夢！」但如果這些夢不是來自於上帝的訊息或人內心所隱藏的符碼，那夢是為了什麼？

夢和手一樣有多重功能。舉例來說，有證據顯示這些夢可以幫助我們將新的經驗儲存在正確的短期記憶櫃或長期記憶櫃。許多心理學家與精神科醫生相信，夢也可能是一種自我療癒的形式，幫我們應付清醒時的焦慮。或者，夢也像如已故諾貝爾經濟學獎得主克里克所說的，會幫我們剷除腦中無用的資訊。對於克里克來說，夢是一種垃圾處理系統：「我們作夢是為了遺忘。」

無論如何，還是有些人相信夢就只是夢。夢境研究學者弗拉納根就說過：「我們做夢本來就沒有任何目的……不算什麼，一點都不重要，就像噪音、肚子咕嚕咕嚕叫，或者心跳的聲音一樣。」心臟撲通撲通的聲音不是血液輸送的重點。恰如童書上所說，每個人都會大便，但這不是吃東西的重點。排便只是我們吃東西的結果。同樣地，根據弗拉納根和許多研究者看來，夢不過是腦中的垃圾。夢只是沉睡的大腦在辦正經事時所產生的副產品。為什麼我會夢到身處沙漠中？根本就沒有

佛洛伊德（一八五六～一九三九）。照片攝於他出版代表作《夢的解析》（一九〇〇）那一年。（Corbis）

為什麼。

夢是副產品的理論是隨著「隨機活化理論」（RAT）而出現。RAT的基本概念認為大腦在夜晚要做正經的工作，尤其是在「快速動眼期」。大腦需要在夜晚工作，可能是我們睡覺的主要原因之一，如此一來大腦才有空完成我們在白天無法完成的雜務。

但在下一章會提到，每個大腦裡都有一套線路會仔細盯著傳進來的訊息，過濾資訊尋找模式，然後整理模式，並組成一段故事。根據「隨機活化理論」，這些說故事的線路有個缺陷：它們並不知道大腦沉睡時所產生的雜音毫無意義。相反地，它們把這些雜音當作是清醒時所流入的資訊，試圖把這些資訊轉成一篇流暢的故事。我們內心那位講述者這麼做的理由根本不為任何目的，它就只是想說故事，因為它一輩子都睡不著，而且對故事入迷，它就是忍不住要說故事。

隨機活化理論相當大膽，它把夢界定成心理垃圾，挑戰所有精神分析的經典說法與民間智慧的說法。隨機活化理論也很巧妙，它認為夢境是把大腦裡亂七八糟的資料組織起來。為什麼夢境都如此奇怪？為什麼這些父親看到自己的寶貝女兒在懸崖邊跳芭蕾舞時，還能如此氣定神閒地坐著？為什麼這些頑皮的精靈會在你的浴室裡自慰洩憤？這些夢裡頭離奇的元素，都可以記錄成心靈急切地想把這些隨機輸入的訊息，轉變成為工整有序的敘事。

雖然大家都同意有一些夢符合副產品的特質，但對ＲＡＴ的看法仍然眾說紛紜。ＲＡＴ的批評者認為，夢雖然很奇怪，但卻又沒怪到可以用ＲＡＴ理論完全解釋。芬蘭的夢境研究專家雷馮索相信，我們都太容易對夢裡頭的古怪之處留下深刻的印象。我們對愈離奇的夢記得愈清楚，以至於不記得那些比較貼近真實且合理的夢境。針對ＲＡＴ理論，雷馮索寫道：

> 沒有任何隨機發生的故事可以鉅細靡遺地模擬出一個如此貼近現實的世界。離奇確實是夢境常見的特質，但相較於精密組織中那些貨真價實的背景，離奇不過是稍微的脫軌，是高度有序的訊息中所發出的一點點噪音。ＲＡＴ可以解釋離奇之處，解釋小小的噪音，卻不能解釋離奇背後那麼整齊明確的組織。

雷馮索也指出ＲＡＴ的支持者對於大腦與夢境兩者之間的因果關係並沒有百分之百的信心。ＲＡＴ只是認定某些大腦狀態會影響夢的屬性。比方說，ＲＡＴ的支持者認為夢充滿情感，是因為連結情感的腦邊緣系統與杏仁體正好在睡眠的快速動眼期出現。

RAT卻不願意承認另一套同樣具說服力的解釋：大腦的情感中樞活動之所以被挑起，**僅僅是因為**作夢的人是帶著情感的。

再者，睡眠進入快速動眼期會產生睡眠麻痺。為什麼我們會這樣？原因肯定是很久很久以前，我們的祖先就曾因為把夢境搬到現實中而傷害到自己和他人。當你夢到和一個吃人的殭屍爭吵時，你的大腦並不知道這是一場夢。大腦以為你確實正在與殭屍打鬥，冒出許多指揮身體的命令：蹲下、左勾拳、右勾拳、戳他的眼睛、跑！快跑！而我們沉睡的身體並未遵循這些命令的唯一理由，就是他們根本就沒接收到這些命令，所有運作的命令都被腦幹中的阻隔物切斷了。

但從RAT理論的角度來看，腦幹中有阻隔物並不是個好理由，在RAT理論中，大腦的某個部分會從大腦其他區域所產生的夢話捏造出瘋狂的故事。這樣說當然沒有問題，但大腦的運動中樞充滿警覺性，絕對會把夜晚的故事當真並且做出適切的反應，夢裡叫他跳他就跳，夢裡要求他打或逃，他也會真的照做。因此，從RAT的觀點來看，夢境實際上帶有危險性，這比僅僅說它毫無意義更糟。

針對這個問題，演化論觀點認為最簡單的方法，並不是採取激烈的作法讓處於快速動眼期的整個身體完全癱瘓，而應該是讓我們內心的說故事者沉默不語，讓它在夜晚時保持安靜，或者暫時切斷它連結大腦其他部分的運動。但實際上演化論並非如此，它設計一套方式，讓心靈能夠毫無顧忌地進行模擬，彷彿夢境所提供的是一個很需要保護的重要物件。

但對RAT理論最大的傷害，是有證據顯示不僅人類會作夢，其他動物作夢的情況也很普遍。快速動眼期、夢與大腦阻隔物，這些讓人類作夢時安全無虞的東西，顯然也普遍存在於不同物種之間，這意味著夢必然有其存在的價值。

朱費的貓

回到一九五〇年代，朱費這位研究夢的法國科學家知道許多動物都有快速動眼期與睡眠麻痺現象。但這些動物真的是在作夢嗎？朱費希望探索答案，因此找來許多流浪貓，以及鋸骨器、切片機和錘子。他切開貓的頭，確定腦幹的位置，並開始擾亂大腦的運作。

朱費試圖摧毀小貓的大腦在睡眠麻痺時所產生的阻絕能力。他合理地推測，如果貓在作夢，那麼從大腦發出的運動訊號就會傳達到肌肉，那這些貓作夢時就會演出夢中的行為。藉由不斷地嘗試與犯錯，朱費必須對貓的腦幹做出相當程度的破壞，以便摧毀麻痺的機制，又不能損傷到貓的身體其他部分或者導致牠們死亡。

朱費把活下來的貓放在一個壓克力大箱子。他把這些貓身掛在一些儀器上，監控牠們維生的訊號與大腦的活動。有一台相機記錄牠們的睡眠狀態。朱費的研究結果相當明確：貓會作夢。當朱費的貓進入快速動眼期幾分鐘之後，牠們會突然醒來。眼睛會焦急地張開，把頭抬起來左右張望。雖然牠們的眼睛睜開，實際上卻看不見。面對美食牠們毫無反應，當研究者的手在貓的眼前輕輕揮動時，牠們並不會畏縮。

這些貓遠在夢幻島，完全忘記清醒的世界。牠們表現出夢中的情節，走來走去，眼觀四面耳聽八方，牠們悄悄靠近或趴著等待。牠們沉浸在捉捕獵物的行為中，撲向看不見的獵物，並且把牙齒刺進獵物身上。這些貓也表現出防禦行為：牠們會垂下耳朵退後躲過威脅，或者會用嘶嘶聲張牙舞爪來嚇退敵人。

簡單來說，朱費的實驗所顯示的不只是貓會作夢，而且貓還會夢到很具體的事物。他指出明顯之處：「貓夢到的是牠們這個物種的行動特徵（趴著等待、攻擊、憤怒、恐懼、追逐）。」但看看朱費的紀錄，事實上，他並未發現過貓夢到這個物種的行動「特徵」，而是發現他的貓夢到小貓生活中面對的特定問題，也就是如何吃掉別人，以及避免被吃掉。

對於一般的公貓來說，夢幻島並不是一個充滿令貓陷入迷幻的貓草、暖陽、鮪魚罐頭，以及發情母貓的世界。貓的夢境比較接近小貓的地獄而非天堂，夢裡大都是恐懼與攻擊的感覺。

朱費認為他的研究所顯示的意義已經超越貓。他不認為只有少數動物才會作夢，而他所觀察的貓正巧是其中一種。朱費相信動物都會做夢，而夢帶有目的性。

朱費提出做夢可能是為了練習。動物在夢裡是在排演，練習自己在面臨攸關生死的問題時，牠們要如何反應。貓練習貓會遇到的問題；老鼠練習老鼠會遇到的問題；人類練習人類會遭遇的問題。夢是一種虛擬的現實模擬器，人類和其他動物可以磨練如何面

麻省理工學院的科學家確定老鼠可能會作夢，而這項發現會危害RAT理論。
（Getty Images）

對生死交關的問題。

恰如夢的一般理論，朱費的觀點並未在提出的當時立即引起關注，有部分的原因是一九五〇年代關於夢的研究都還籠罩在佛洛伊德的陰影下。對佛洛伊德學派而言，夢是被動物壓抑的願望，轉而以迂迴的方式實現，因此佛洛伊德引用這句諺語：「豬夢見橡子，鵝夢見玉米。」但是在許多研究的支持下，朱費的理論幾乎和佛洛伊德的理論完全相反，他壓根不認為夢是願望的實現。最近的研究指出如果鵝會作夢，而且牠們很可能真的會作夢，牠們夢到的可能不是玉米。鵝可能夢到狐狸，貓夢到的是惡犬，而人夢到的是壞蛋，或者夢到女兒失去平衡墜落無底深淵。

夢到怪物的人

夢幻島跟我們多數人所想的天差地遠。佛洛伊德夢的理論將夢視為願望的變形，他只是將「夢就是美夢」這種流行的說法形式化而已。你問剛度假回來的同事：「你玩得痛快嗎？」「喔！不錯呀！就像一場夢！」當一件美好的事情發生，你會說「美夢成真」。

不過，感謝上帝，幸好夢通常都不會實現，恰如霍布森所說：「（在夢裡）一波波強烈的情感，特別是恐懼與憤怒，促使我們逃跑或者抵抗想像出來的敵人。戰鬥或逃跑是夢中意識的規則，並且會不斷持續下去，每晚都是如此，夢裡光彩奪目、充滿虛幻使人興高采烈，讓人沒有喘息的機會。」雖然對於如何詮釋這些夢境還有爭議，但大部分研究夢的專家都同意霍布森的說法：夢境不是一個令人愉快的地方。

我們主要透過兩種方式收集並記錄夢境。其中一種方法的控制性比較低，受測者必須逐日把夢記錄下來，他們每天清晨醒來後要立刻起身，趁淡忘之前把夢寫下來。另一種控制性比較高的方法是在實驗室裡把睡到一半的受測者搖醒，問他：「快說，你夢到什麼？」然後用各種分析方法將夢境的型態化為數據。

底下就是我在二〇〇九年十二月十三日所作的夢，是我醒來之後第一時間寫下的內容：

- 夢裡的時間是耶誕節早晨，我睡醒之後想到自己忘記買禮物給老婆。當全家開始拆禮物時，除了我以外每個人都很開心，而我陷入極度焦慮：我要怎麼辦？
- 另外一個令人焦慮的夢：有位作家抄襲我這本書的精華，逼得我出版，也讓我的作品變成廢紙。
- 我外出散步，熟睡中的女兒安娜躺在手推車裡。安娜醒來，昏昏沉沉滾出推車之外，一路滑下鋪著柏油的堤防。嚇死人了，我跟著她衝下去。她的背部擦傷，但基本上都還好。有位貴婦開著一台迷人的車子駛離公路，讓我們搭順風車回到她寬敞的豪宅，安娜和其他小孩一起在一座豪華的室內遊戲場遊玩。

• 我住在一家海邊的度假旅館，可能是我和老婆之前度蜜月的地方。有位充滿魅力的女人想要勾引我，在我猶豫不決時，我發現這一切都是為了敲詐我而設下的陷阱。

上述的夢，沒有一個稱得上是恐怖的夢魘。沒有一個像沙漠那個夢一樣令我恐懼。但這些夢充滿焦慮，夢裡頭我生命中最重要的事受到威脅：老婆的愛、作家這份工作、小孩的安全、我正人君子（如果還稱不上美德）的聲望。

我簡短的夢境日記符合上述研究結果，這顯示夢幻島裡充滿情感與身體的危機。二〇〇九年，瓦利與雷馮索檢視夢讓人感受到壓迫的一面，並且提出一些驚人的數據。瓦利與雷馮索預估每一個人平均每晚在快速動眼期會有三場夢，一年大約有一千兩百場。根據許多解析夢境所做的大型研究，他們估計一千兩百個夢裡頭的八百六十個，至少會有一起威脅事件（研究人員對於「威脅」的界定雖然寬鬆卻很合理，指的是身體受到威脅、社會受到威脅，或者寶貴的財富受到威脅）。但因為大部分帶有壓迫感的夢所描述的都不僅止於一件有威脅的事，研究者預估每人每年在快速動眼期大約會經歷一千七百次有威脅的夢境，平均每晚會出現五次。如果用七十年的壽命估算，那平均每個人要經歷六萬場有威脅性的快速動眼期夢境，其中會出現近十二萬次不同類型的威脅。簡單來說，裴利對小孩的角色扮演遊戲的描述似乎也可以套用在夢上，亦即夢是「搶先體驗壞事的舞台」。

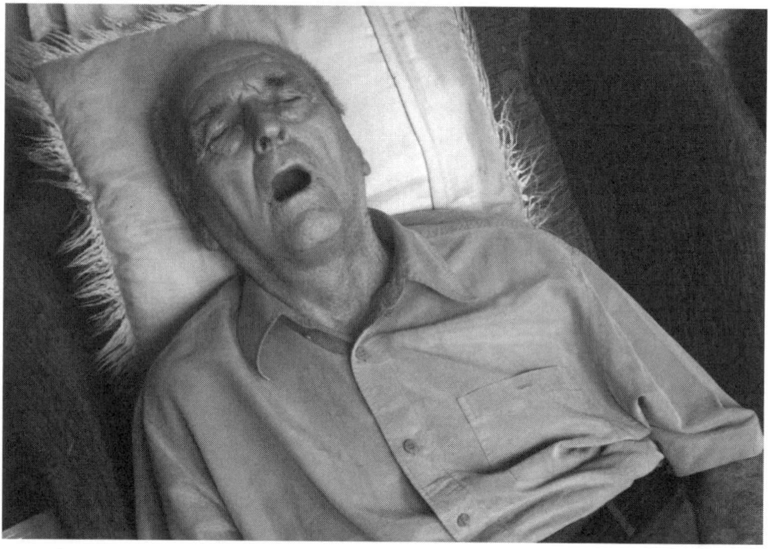

雖然我們顯然不能把朱費的實驗套用在人類身上，但事實上自然界已經做過許多次實驗。快速動眼期睡眠行為障礙（RBD）這種疾病，主要折磨有神經退化的老人，例如帕金森氏症。這種疾病會弄亂大腦運作，並且妨礙腦幹形成作夢時的阻隔物。當他們的腦袋進入睡眠開始作夢，快速動眼期睡眠行為障礙者會從床上起身，落實大腦中的命令。如同朱費的貓，人似乎也很少夢到快樂的事，通常是夢到麻煩。研究針對四名有快速動眼期睡眠行為障礙的人，他們在睡眠時明顯有攻擊行為，有時候更會傷害到自己或妻子。
（Nicky Wilkes, Redditch, UK）

瓦利與雷馮索知道他們的統計資料還稱不上鐵律，他們的預估是立基於不完美的資料上。但不論針對夢裡威脅事件的預估數字誤差是多還是少，他們仍然建立了一個重點：毫無疑問，夢境遠比一般人日常生活的世界更具威脅性。正如雷馮索所說：「出生入死的情境在現實生活中相當罕見，但在夢裡卻幾乎每次都會出現，這些威脅出現的頻率很可能超過真實生活。」舉例來說，在瓦利與雷馮索的研究實驗中接受測試的芬蘭大學生並不會**每天**都受到身體上的威脅，但卻是**每晚**都要面對這樣的威脅。

我要強調的是，相同的威脅模式不只出現在西方國家的大學生身上，而是所有研究對象都有，包括亞洲人、中東人、與世隔絕的狩獵採集部落、小孩和大人。不論在世界的哪個角落，最常見的夢境就是被人追或遭到攻擊。其他常見的主題還包括從高處墜落、溺水、迷路或者受困、在大庭廣眾下沒穿衣服、受傷、生病或死亡、陷入自然或人為的災難之中。

因此，夢境裡大部分都是負面情緒，一點也不令人吃驚。當你進入夢鄉，有時候可能感到快樂，甚至興高采烈，但大部分時候你會覺得自己快被憤怒、恐懼和悲傷擊垮了。有時候我們會夢到一些扣人心弦的事，例如性或者像鳥一樣飛在天上，這些快樂的夢遠比我們所想的更為稀少。人平均每兩百個夢裡才有一次在空中飛翔，每十個夢才會有一個帶些鹹溼的內容。即使是春夢，也很少是赤裸裸地享樂，而是像其他夢一樣，通常帶著焦慮、懷疑與悔恨。

紅線

相較於衝突與危機過度頻繁地在夢裡出現，關於日常生活的瑣事則是過於輕描淡寫。舉例來說，研究人員針對四百個人的夢境進行研究，這些人每天平均有六個小時都專心在做辦公室與學生生活的大小事，打字、閱讀、計算、使用電腦。然而，他們清醒時做的主要工作，很少出現在夢中。反之，他們老是夢到麻煩。麻煩是條粗粗的紅線，把這些角色扮演的幻想、小說與夢都綑綁在一起，麻煩或許可以讓我們看見這些事的共同功能，也就是讓我們練習處理人類生活中的大難題。

保守一點估計，光是計算快速動眼期的夢，我們每晚大約有兩個小時都做著一些栩栩如生、充滿故事性的夢；用正常的壽命來統計，我們的一生中大約花了五萬一千個小時，或者整整六年在作夢。在這些年裡頭，我們的大腦都在模擬，面對數以千計不同的威脅、問題與危機時作出數以千計的不同反應。關鍵之處在於我們的大腦通常不可能知道夢就只是夢。如研究睡眠的專家德孟提出：「我們把夢當真。」因為從大腦的角度來看「這**的確是**真的。」

密西根大學心理學家弗蘭克林和齊弗認為這些事實有很深的含意：

想想大腦的可塑性，只要每天花十至二十分鐘做某件事（例如彈鋼琴），幾個禮拜之後大腦的運動皮質就會因應這件事而改變，我們花在做夢的時間當然也會形塑我們大腦的發展，影響我們未來的行為傾向。我們一生所累積的作夢經驗，當然也會影響我們和世界互動的方式，勢必也會影響我們整個外型，這不單指個人，也包括所有人類。

但如果我們記憶力太差呢？弗蘭克林與齊弗承認，對夢的健忘讓我們自然而然貶抑了夢的意義。因為我們對夢的記憶通常在一早起床之後就消失殆盡，對我們而言沒有太大價值。

但是，如我們所見，我們可能高估了意識的重要性。記憶可分成兩種類型：隱蔽與明確。模擬問題的模式是建立在隱蔽、無意識的記憶之中。當大腦重新接上記憶時，我們會知道，不需清楚記得這些記憶的傳導如何發生。關於這點最突出的證據來自失憶症的受害者，他們可以透過練習增進能力，而不需要有意識地保留任何關於練習的記憶。

最近我正在「教」六歲的大女兒艾碧如何不靠輔助輪騎腳踏車。我之所以強調「教」，是因為我所做的就只是當她搖搖晃晃沿路前進時，像個爸爸在旁邊小跑步，教她如何保持平衡。大約一個禮拜之內，艾碧就已經上手，也能在路上繞小圈圈。我對她怎麼學會轉彎感到訝異。問她怎麼辦到的，她自信滿滿地回答：「我只是轉動把手，把手就帶動輪子。」

這聽起來理所當然，但這並不是艾碧會轉彎的原因。如加州大學柏克萊分校的物理學家法詹解釋，腳踏車轉彎的運作機制確實很複雜：「如果你右轉之前沒有先讓腳踏車往右傾，那離心力會導致你往左邊跌倒，腳踏車往右傾會讓重力與離心力抵銷。但妳要如何讓腳踏車往右傾呢？必須反向操作，例如試著將腳踏車的把手左轉。換句話說，腳踏車右轉之前要先讓腳踏車的把手左轉！」

有天艾碧可能會忘了自己是怎麼學會騎腳踏車的，忘記她曾有的恐懼與驕傲，也忘記我跑在她旁邊。儘管如此，她仍然記得怎麼騎腳踏車。騎腳踏車這個例子說明我們可能可以學會某件事情，學得很棒，但我們的意識裡卻沒留下任何學習的痕跡。我們大腦知道許多「我們」不知道的事。

對此，懷疑論者如心理學家杭特，就針對夢是模擬問題的理論提出一個更有力的反駁。如果模擬器有任何價值，那就必須貼近現實。舉例來說，飛行模擬器如果不夠逼真，雖然可以訓練飛行員，但這種訓練是一種詛咒而不會帶來任何好處。杭特和其他人認為夢不可能和模擬器一樣，因為夢不夠逼真。杭特寫到：「我實在不懂，癱瘓的恐懼、慢動作的畫面，以及根據荒謬推理出來的逃避戰術，如何預演任何需要培養適應能力的事？」

但是檢視一下杭特的反駁，他講的不是一般的夢而是惡夢。根據研究指出，惡夢比起其他類型的夢更容易留在腦中。因此，夢裡充滿古怪的事，可能是因為我們最有可能記住這類型的夢所帶來的副作用。事實上，從各種研究所蒐集到的不同夢境顯示，大部分的夢都相當符合情理貼近現實。瓦利與雷馮索得出結論，我們對於夢中困境的反應，通常「和夢中情境有關、合理且適當」。

根據雷馮索的說法，夢是模擬現實的理論代表了一個巨大的突破：「我們終於真正了解自己為什麼作夢。」但就如同我在這整本書中不斷反覆強調的，認清作夢、角色扮演或小說的**一種**功能，並不等於我們已經認清它們的**所有**功能。那個身處沙漠裡的惡夢，可能是一個促使我更加謹慎處理眼前急事的提醒。但這並不是全部。我有點羞於承認，但夢是一種真實場景的誇大版：我女兒努力在我閱讀、寫作與看電視轉播大型比賽時想要吸引我的注意，但成效不大。我想我的惡夢有部分成因是出於嚴厲的自責，它在提醒我，大比賽並不重要，這本在你的筆記型電腦裡頭的小書也沒那麼重要，這個女孩才是你生命中最重要的東西。

大腦會說故事

我要給人類下個定義：人類就是會說故事的動物。不管他走向何處，他希望身後留下的不是一團混亂的痕跡、不是一團虛空，而是一個撫慰人心的標誌指引與故事線索。他必須不斷編故事，凡事只要有故事就沒問題。即使在人生的最後一刻，有人說，在即將死去的一瞬間，或者快要淹死滅頂之際，他所看見的，在眼前快速掠過的，將是他這一生的故事。

——史威夫特《水之鄉》

一七九六年十二月三十日，有幫不法份子聚集在倫敦伯利恆醫院地底深處一座潮溼的大地窖裡。幫派頭頭比爾老大板著一張臉在那來回巡視，檢查那部駭人的機器。他用腳尖踢踢附有鐵環的大木桶，木桶裡頭盡是令人作嘔的東西，例如人的精液、狗屎、化糞池的惡臭，以及馬放的屁。比爾老大將耳朵湊近木桶，聽著裡頭髒東西攪拌所發出的聲響，看著液體在壓力下滲出桶外。他手指畫過這些嘶嘶作響的管子，而管子就像一條條從木桶裡竄出的黑蛇，把毒氣灌入機器內。

比爾老大一邊檢查這台設備，一邊穿過其他惡棍身旁，此時他看到年輕的查洛特半裸躺在冷冰冰的鵝卵石上，身上的鍊條下都是傷痕。他看到傑克校長在筆記本上用鉛筆素描，這位校長用一種只有幫內人才懂的笑話吸引老大的注意：「我要看到的是公平的判決！」比爾老大不為所動地繼續往前走，眉頭深鎖不語。到目前為止，現場不論男女都在想辦法逗老大笑。阿契爵士不只微笑，還開懷大笑，用自己那套關於年輕的查洛特的笑話對校長叫囂，或者講些下流的事。阿契爵士的聲音高亢，而且老是用假音講話，其他人都猜他很可能是女扮男裝。

比爾老大眼中根本沒有這些笨蛋，他繞著這台龐然大物，用手撫摸這些橡木紋，眼睛注視著每一塊木板與螺栓。這台機器稱為噴氣織機，是個大大的方形盒子，兩隻短短的腳架支撐著，高有一米八，兩邊寬度各四米半。

比爾老大走到噴氣織機的操作台，上面正坐著一個長滿痘痘的女巫。爵士和校長當面取笑她，叫她「戴手套的女人」。這位戴手套的女人坐在凳子上，以忽快忽慢的速度控制這台噴氣織機。戴著手套的雙手動得很快，一下在這，一下在那，對這些按鈕又轉又拉，開開關關，她正撫摸著一個零件的象牙色按鈕。比爾老大彎下身來，在她耳朵悄悄說：「流體鎖住。」

戴手套的女人轉了轉最大的黃銅把手。裝置上貼著一張說明標籤：「放風箏」（把想法懸在腦中幾個小時）、「拉長大腦」（扭轉想法）、「集氣」（蒐集從肛門排出帶有磁性的氣體）、「炸彈引爆」（引爆腦袋中的痛苦）、「製造想法與削腳」（就是字面的意思）、「生命斷裂與擷取纖維」（非常痛苦的過程）、「龍蝦碎裂」（很致命），戴手套的女人把指標設定在「流體鎖住」，老大在旁邊喃喃自語：「繼續吧！」

戴手套的女人清楚這台噴氣織機毫無科學根據，不過她已經花了許多年操作這台機器，早就是個老手。她開始操控這些槓桿，並且轉動機器的部件。每個部件的鑰匙都管制著不同桶子的開關。這台噴氣織機上的每一個裝置都像是由電子化學音符所譜成的歌曲。

機器內部受磁鐵震動所影響，大型織機開始「編織」這些從木桶流出的化學元素，直接織進空氣之中。磁化氣體向上流動，圍繞在噴氣織機上那一座小小的、像風扇一樣的裝置。這儀器的風扇開始轉動，把這些非自然的氣體噴出外頭，讓氣體像條光線一樣裊裊上升。

這些磁化氣體穿出地窖的牆，也穿過好幾公尺的溼土與粗石堆向上升；它穿過下議院的地板，對準一位坐在觀眾席上的年輕人。這位名叫馬修的年輕人突然感到自己周遭的空氣被攪動

藝術家狄金森重新打造出噴氣織機，忠實呈現馬修的描述。
（*The Air Loom, A Human Influencing Machine*, 2002, Rod Dickinson）

了，嘴巴突然充滿血腥味。他知道如何應付，先是憋氣憋了很久，然後把自己的呼吸節奏打亂，如此一來就可以躲避噴氣織機的攻擊。

馬修坐下，呼吸忽快忽慢，看著那位年紀跟他相仿的大人物一邊大叫一邊在地板上跳舞。總理皮特站在台上，大罵法國，慷慨激昂地敲響戰鼓。皮特的表現確認馬修內心最深的恐懼：英國首相就是噴氣織機幫派的傀儡。

馬修感到沮喪不安。他是唯一知道真相的人：英國政府已經被一個威力強大的陰謀集團所掌控。馬修是一位破產的茶商、一介貧民，正站在歷史的中央，而且這個噴氣織機幫派知道這件事。這就是為什麼約克公爵和普魯士國王暗中想搞掉他。這也是為什麼要通過嚴刑峻法來讓他保持沉默。這也同樣說明為什麼整個政府機構要攔截他的信件。

馬修犯了一個致命的錯誤，內心的憂慮造成自己的分心，他忘了繼續躲避這台機器的攻擊。他不但深深地吸氣，還節奏一致，讓這台噴氣織機發現了他，用惡毒、帶刺的氣體灌滿他的肺部。馬修知道這就是流體鎖住。他感覺到這些氣體在他的血管裡冒泡，凝結血液的流動，凍結他舌根的肌肉。短短幾秒之內，他快要說不出話來，因此必須立刻採取行動。他站起來對著議會上的議員們大聲尖叫：「叛國！」

瘋狂的技巧

馬修被當成一個無可救藥的瘋子關在伯利恆醫院，這醫院大家都叫它「Bedlam」。所幸他有許多分身，能夠自由進出醫院活動。當他躲開噴氣織機在醫院裡的偵測系統，馬修知道自己是世界之王，他寫下嚴詞，控訴將他軟禁的國王與統治者。

馬修的主治醫生哈藍把馬修的故事寫在一本叫《瘋狂的明證》的書裡。（前面那段文字主要是從哈藍的書，還有傑伊針對馬修所做的精采研究《噴氣織機幫派》中節錄下來的。）《瘋狂的明證》是精神健康領域經典的個案研究，是醫學年鑑中第一個被清楚描述的偏執型精神分裂症案例。

精神分裂症一直被視為是「精神病的核心祕密」。精神分裂症患者主要是受到各種荒誕離奇的信念、錯覺與幻覺所折磨。正如馬修，他們也常會有幻聽，相信自己的一舉一動是經由其他外在力量——可能是外星人、上帝、惡魔或者是可怕的陰謀精心安排的結果。不僅如此，他們常常產生很大的幻覺，認為自己的重要性沒有人比得上，因此成為外星人、魔鬼與陰謀對付的目標。

馬修腦中的噴氣織機幫派是一部出色的小說作品。他讓自己站在世界歷史重要的舞台上，扮演一名不斷歷經磨練、反覆掙扎的主角，只給真正的統治者與首相微不足道的戲分。馬修也創造出一幫充分反應現實的反派角色，像比爾老大、戴手套的女人和阿契爵士，這些人身上都帶著怪癖與荒誕不經的特點，讓原本平凡的角色躍然紙上。如果馬修跟上潮流把他腦中所幻想的陰謀寫成小說，那他一定可以大賺一筆，極可能成為十八世紀的丹・布朗。

當馬修三十歲左右，他的大腦未經他的允許，就擅自決定創造出一部劇情錯綜複雜的小說，而馬修的餘生也都活在這部小說裡。我們很難不把精神分裂症患者和創作藝術家之間的創意進行類比。事實上，在過去數百年來，瘋子與藝術天才之間的關係已經成為一種文化上的老生常談。拜倫爵士這麼形容詩人：「我們這些創作者都是瘋子。」德萊頓在〈押沙龍和亞希多佛〉詩中宣稱：「偉大的智慧必然接近瘋癲，兩者只有一線之隔。」莎士比亞在《仲夏夜之夢》中寫到瘋子和詩皆是「想像的產物」。

長久以來，世人可能無視瘋癲與創意之間的關係，認為這是街頭巷弄之間的閒談：梵谷割掉自己的耳朵，美國詩人希薇亞・普拉斯開煤氣爐自殺，英國作家葛林拿槍玩俄羅斯輪盤，伍爾芙在自己的口袋裡塞滿石頭投入歐塞河自盡。但過去幾十年來，又出現更多更有力的證據，印證瘋癲與創意之間的關係。

心理學家詹明森寫下自己抵抗躁鬱症的感人故事，她在《瘋狂天才》這部經典作品裡，主張精神疾病與文學創造力之間密切相關。她根據書信、病歷和已經出版的傳記研究羅患精神病的作家，也研究仍在世的才華洋溢的作家，發現精神疾病問題是普遍現象。舉例來說，具有雙重人格的小說作家機率是一般人的整整十倍以上，令人驚訝的是，詩人患有精神錯亂的機率比一般人高出四十倍。以這些統計資料為基礎，心理學家奈特爾寫到：「我們很難不這樣說，西方文化的經典作品大部分都是由帶有一點瘋狂的人所創作的。」評論家艾倫說得比奈特爾更好：「西方文學傳統似乎都是出自酒鬼、賭徒、躁鬱症病患、淫魔或者是很不幸兼具上述兩種、三種或各種疾病的患者所寫出的懺悔錄所主宰。」

精神科醫生陸榮以針對心理疾病與創意所做的大型研究為題，寫下《偉大的代價》一書。他在書中指出，傑出的詩人裡有百分之八十七患有精神疾病，而在優秀的小說作家裡頭則有百分之七十七有精神疾病，比率遠高於其他在商業、科學、政治和軍事等非藝術性領域表現傑出的人。即使是大學生，選修詩歌寫作的同學也比一般大學同學有更多雙重人格的特質。創作型作家羅患單向憂鬱症的風險也比較高，而且比較可能遭受精神病的折磨，例如精神分裂症。此外，傑出的作家也比較可能染上酒精與藥物濫用的惡習。因此，他們比一般人更常住進精神病院，以及發生更多自殺案例，一點也不令人意外。

會不會是作家生活中的某些事情，像是孤獨、沮喪、漫步在想像之中，真的容易觸發精神疾病？這很有可能。但是，針對作家的親人所做的研究顯示一種潛在的遺傳因素。精神病患者的家族裡頭，往往有比較多藝術家（特別是一等親），而藝術家的家人往往有更多精神疾病（包括自殺率，住在精神疾病機構、酗酒的比例都比較高）。

史蒂芬金在他的回憶錄中寫到，他質疑藥物濫用與文學創意之間具有相關性的「迷思」，但在腦袋清醒前，他已經喝了一整天的啤酒，並且寫下《綠魔》，還用棉花棒塞到鼻子裡頭以便「止住亢奮所引起的出血」。在他休息的時候，史蒂芬金的老婆將他辦公室垃圾桶裡的垃圾倒在地板上，裡頭有：啤酒罐、香菸菸頭、瓶裝的古柯鹼、塑膠袋裝的古柯鹼、沾滿鼻涕和血液的小藥杓、煩寧、贊安諾、樂倍舒止咳糖漿、奈奎爾感冒藥和瓶裝漱口水。（Pinguino Kolb）

在馬修狂野不羈的幻想之中，我們見到一顆生病的頭腦瘋狂地想要將感受到的一切編進他所發明的官樣文章中，在故事中把未來、幻聽，以及對自己非常重要的信念編造得恰到好處。我們或許會對馬修荒誕不經的想像不表苟同，但我們和他的相似程度其實遠遠超乎自己的認知，我們的頭腦也一直努力想從自己的感官資料中抽取出意義。雖然身心健全的人講給自己聽的故事，很少帶有偏執型精神分裂症患者的敘事手法，但往往還是偏離了事實。這是我們擁有會說故事的頭腦必須付出的部分代價。

分割大腦

一九六二年，說故事的頭腦無意中（如果不是有意發現）被分割開來。當時一位名叫伯根的神經外科醫生說服了一位罹患嚴重癲癇症的病人進行一項危險的實驗性手術。伯根在病人的頭骨上鑽了幾個小孔，讓一把特殊用途的鋸子放到其中一個孔，然後用這把鋸子在頭蓋骨開了一個洞。伯根用剪刀剪開大腦的保護皮層，也就是「硬腦膜」。接下來，他小心翼翼地撥開病人大腦的兩片腦葉，直到他能看到「胼胝體」，也就是在左右腦之間來回傳送資訊的神經纖維。他像個破壞者，用一把解剖刀切斷胼胝體，破壞它的傳導功能。從效果來看，他把大腦分割開來，使左右半球無法溝通，然後用小螺絲將取下的頭骨鎖回去，把病人的頭皮縫上，然後等著看會發生什麼事情。

伯根並不是一名瘋狂的科學家。這項手術非常危險，而且後果無法預料。但伯根這名擔任過傘兵的病患，罹患的是對生命有威脅的癲癇，傳統的治療方式完全無法奏效。伯根相信切斷胼胝體可以控制癲癇，動物研究顯示這個方法行得通，而在人類身上確知會發生的情況則是，當腫瘤或受傷導致胼胝體受損時，癲癇會減緩。

伯根外科手術的最後一擊居然真的奏效了。雖然癲癇病患仍會發作，但發生的頻率與嚴重程度已經大大降低。讓人更驚訝的是，這樣做似乎沒有任何副作用。這個大腦被切割的人在回報他的心理過程時，似乎沒有任何差異。

在功能性磁振造影機器與其他先進的大腦顯影技術出現之前，分割大腦的病患是神經科學的恩賜。主要是因為有了這些病人，科學家才能單獨研究大腦兩邊的運作。他們發現左大腦專門負責語言、思考與推理假設；右腦無法承擔演講或嚴肅的認知工作，它的任務包括辨識長相、集中注意力和控制視覺運動等。

分割大腦精神科學的先驅是葛詹尼加。葛詹尼加和同事在研究中已經指出，左半腦的神經迴路負責理解大腦從周遭環境所接收的資訊流。這套神經線路的工作是察覺訊息裡的命令與意義，把這些資訊流排列成和個人經驗相一致，也就是寫成一篇故事。葛詹尼加將這個大腦結構稱為「傳譯者」。

由於大腦奇怪的傳送方式，進入右眼的視覺資訊被送到左腦，進入左眼的訊息被送到右腦。在一個完好的大腦裡，視覺訊息進入左腦，接著會通過胼胝體的線路送到右腦。但是當大腦被分割時，眼睛看到的資訊會在某一邊的大腦傳不過去，使得另外一邊大腦呈現黑暗。

在一連串精采的實驗中，葛詹尼加和同事讓這些大腦被分割的受測者注視著電腦螢幕中央的一個點。接著他們在點的左右兩側切換影像。在左邊閃動的影像只傳遞到右腦，而出現在右邊的影像只傳送到左腦。

實驗中，葛詹尼加和同事將一張雞爪的圖片傳送到受測者的左半腦，然後將一幅雪景的圖片傳送到右半腦，然後要求受測者從他面前排列的圖片中做選擇。由於大腦怪異的傳令方式，人類身體的右半邊主要是由左腦所控制；而身體的左半邊是由右腦所控制。受測者用右手選出一張雞的照片（因為控制右手的那半邊大腦看見的是一隻雞爪的照片）。受測者用左手選出一張雪鏟的照片（因為控制左手的半邊大腦所看見的是下雪的景色）。

接著他們問受測者為何選擇這兩張圖片。針對第一部分，受測者的回答很完美：

「我選擇雞，因為你給我看的是一張雞爪的照片。」受測者答對的原因是這張雞爪的影像已經被傳送到左腦，那是大腦的語言區。但大腦右邊沒有聲音，所以當受測者被問到：「你為什麼選擇雪鏟？」他沒辦法給出正確答案：「因為你給我看的是一張雪景的照片。」

所有這些從右到左曲曲折折的傳遞或許令人困惑。但請稍微有點耐心，我要說的重點其實很簡單。受測者負責和研究人員溝通的左腦並不知道右腦已經接收到下雪的場景。負責語言的左腦只知道左手（受到右腦控制）已經伸手並且選擇了一張雪景的圖片，但他並不知道為什麼。儘管如此，當研究人員問：「為什麼你選擇雪鏟？」受測者已經準備好，還自信滿滿地回

（鄭景文／繪圖）

答：「因為你需要一把雪鏟來清理雞舍。」

葛詹尼加和同事以各種巧妙的方式變換研究。當他們把一幅好笑的畫面傳到受測者右腦，受測者就會大笑。接著研究人員會問：「你為什麼要笑？」這位受測者負責回答問題的左腦絕對不知道自己為什麼笑。這可不是在開玩笑。但這並不會阻止左腦編出一套解釋理由，受測者可能會說他剛剛想起一件有趣的事。在另外一項研究中，受測者的右腦閃過一張圖片，圖片上頭寫著「走」。這位受測者乖乖地站起來，開始在房間裡頭走來走去。當研究人員問他要去哪裡，他自動編出因為口渴想要找瓶可樂來喝的故事，並且對此解釋深信不疑。

葛詹尼加和同事一而再、再而三地透過分割大腦的受測者觀察人的行為模式，這些都是很有代表性的例子。左腦是標準的「萬事通」，當它不知道問題的答案，也不願低頭承認。它是一部不停運轉的解釋機器，寧願編個故事也不願保持沉默。這些胡亂編造的故事相當狡猾，如果不是發生在實驗室裡，根本難以察覺。

如果葛詹尼加的研究只能應用在數十位曾進行過大腦切割手術的癲癇患者身上，那不會引起太多興趣。這項研究對於我們如何理解一般完整的大腦也很重要。說故事的大腦並不是在手術刀切入胼胝體時才創造出來的，切開大腦只是為了找出研究答案。

福爾摩斯症候群

你可以把自己那顆會說故事的腦袋想成一個很小很小的人，寄居在你的左眼後方大約高個三到五公分的地方。這個小小的人和福爾摩斯有許多相同之處，福爾摩斯是偉大的文學元老，是日後上千篇偵探小說的開山始祖，包括以鑑識為主題的熱門影集，例如「CSI犯罪現場」。在道爾爵士的筆下，福爾摩斯是犯罪調查的天才，彷彿新犯罪科學界的牛頓。福爾摩斯身懷絕技，能看透事情的端倪，從一具屍體、一些零星的線索，就能勾勒出豐富的故事內容：婚外情、毒藥、楊百翰和摩門教徒在美國西部的冒險等等。

這些細節都來自於一八八七年的第一本福爾摩斯小說《血字的研究》。

《血字的研究》書中的插圖（一九〇六年版）。（出自*Tales of Sherlock Holmes*, A. Conan Doyle, A. L. Burt, 1906）

這部小說的一開始先介紹了講故事的人「親愛的」華生，與其說他是劇中人物，不如說他是個文學創作的工具，華生最主要的工作是用自己的平庸來襯托福爾摩斯的聰明不凡。華生初次遇見福爾摩斯是在一間煙霧瀰漫的化學實驗室，當時這位天才正在實驗室裡頭改良新的鑑識技術。福爾摩斯身材修長，性格溫文儒雅，給人一種震懾感，轉過身來面對華生並且與他握手。接著，如同往後兩人相處的數千次經驗一樣，這位魔法師給了華生第一場震撼教育，他對華生說：「你剛從阿富汗回來。」

華生頓時啞口無言，福爾摩斯怎麼會知道這件事？後來的某天，當福爾摩斯和華生躺在各自的單人床上休息，福爾摩斯解釋自己的洞見其實毫無神奇之處，有的只是邏輯。福爾摩斯講起話來充滿魅力，他告訴華生自己如何從他外表那些沉默的細節「往前推理」，合理推斷華生過去的生活。福爾摩斯「一連串和列車一樣長的推理」是這樣的：

此人長得很像醫生，卻帶有軍人的氣質，顯然是個軍醫。他的臉曬得很黑，應該剛從熱帶地區回來。因為他的皮膚本色並不黑，瞧他腕上的白皙皮膚就知道。他吃過苦，也受過傷，他憔悴不堪的臉清楚說明一切。他的左手臂曾經受過傷，因為他用僵硬不自然的方式和我握手。一位英國軍醫可能去哪一個熱帶國家經歷這麼多苦難還讓手臂受傷呢？顯然是阿富汗。

當福爾摩斯告訴華生這些故事，華生難以置信地搖著頭。至於我們這些道爾的讀者，理應從華生的敘述中獲得線索，對這位偵探的天才感到震驚。不過福爾摩斯的故事雖然充滿樂趣，我們卻必須注意福爾摩斯的手法其實有點荒謬可笑。

福爾摩斯在實驗室看了華生一眼之後，就能編出這麼豐富的故事。當時華生穿的是普通百姓的衣服，哪一點能讓他看起來「帶有軍人氣質」？華生並未帶著醫療袋或者在脖子上掛著聽診器，怎麼分辨他是一個「從事醫療工作的紳士」？還有，福爾摩斯為什麼如此確定華生剛從阿富汗，而不是從日不落的大英帝國其他危險的熱帶駐地回來呢？（還先別提阿富汗根本就不在熱帶地區這項事實。）還有為什麼福爾摩斯直接論斷華生身上留有戰場的傷痕呢？雖然華生握手時有點僵硬，但福爾摩斯又怎麼知道這不是打板球受傷的呢？他怎麼知道華生的左手臂會痛不是因為心臟病？這可是心臟病標準的症狀啊。

簡單說，福爾摩斯慣用的伎倆就是從模糊不清的線索中編造出一套最大膽且自認完美的故事。福爾摩斯掌握住一條線索，然後從上百種不同的解釋中選擇了其中一種，並且執著地堅持這就是唯一正確的解釋。接著以此為基礎，延伸出許多類似有待商榷的解釋，然後把這些全部加在一起編成一個簡潔巧妙，幾乎沒有破綻的故事。

福爾摩斯是文學作品中的虛擬人物，他住在夢幻島，所以永遠都對。但如果他想要在現實生活中經營「徵信社」餬口的話，他可能是一個既危險又無法勝任的蠢蛋，可能比較像「粉紅豹」裡頭的烏龍探長克魯索，而不是和朋友華生一起住在貝克街221B的天才。

每個人的大腦裡都有一個小小的福爾摩斯。它的工作是從當下觀察到的一切「往前推理」，並且證明哪些因果排列順序會導致特定的後果。演化已經賦予我們一個「內在的福爾摩斯」，因為整個世界真的充斥著各種故事（陰謀、情節、結盟、因果關係等等），能夠察覺這些故事，是相當有價值的事。說故事的大腦是很重要的演化調適，它讓我們以一種協調、有次序且有意義的方式體驗自己的生命，讓生活不只是一團鬆散、紛紛擾擾的混亂。

但會說故事的大腦並不完美。葛詹尼加對那位住在左腦編織故事的小小人進行了五十年的研究之後得出結論，這位小小人即使具備各種難以否認的優點，但也可能是個笨蛋。說故事的大腦對於不確定性、隨機與巧合都很敏感，同時它著迷於找出意義。如果說故事的大腦不能在現實世界發現有意義的模式，那它就會強加一套意義。簡單說，說故事的大腦是一座工廠，如果它找得到合理的解釋，可能就會生產出真實的故事，如果找不到，它就會製造出一套謊言。

幾何圖案的暴力

人類的大腦為了察覺出模式，會不斷調整，而且會偏向明明沒病卻總是懷疑自己有病的假陽性發展，而非將有病判別為沒病導致延誤就醫的假陰性，這種心理狀態培養了我們對人臉與形體的敏銳辨識能力，讓我們在雲裡看到動物，或在鍋子上的圖案中看見耶穌。根據心理學家的說法，這是「大腦設計」的一部分，幫我們認知環境中有意義的模式。

我們對於意義的渴望，會逐漸轉變成對故事的渴望。正如電子遊戲設計者與作家瓦歷斯所說：「人類喜歡故事。我們的大腦不只天生喜歡敘事，從故事中學習，而且還會編故事。你的大腦會把眼中看到的抽象圖案解讀成一張臉。同樣地，你的想像力也能看見事情的發展模式，然後編出一段故事。」有許多巧妙的研究證明瓦歷斯的論點，顯示我們如何自動從接收到的資訊中萃取出故事，以及如果沒有故事，我們會很樂於編一個。想想下面的訊息：

陶德趕到店裡買花

葛瑞格替她遛狗

莎莉整天待在床上

快！你想到什麼？你可能會和大部分的人一樣，對這三句話感到困惑，並且試著找出隱藏在背後的故事。也許莎莉因為有人去世而難過，也許葛瑞格和陶德是她的朋友：一位正幫忙看顧莎莉的狗，另一位正買花要送給她。或者莎莉很

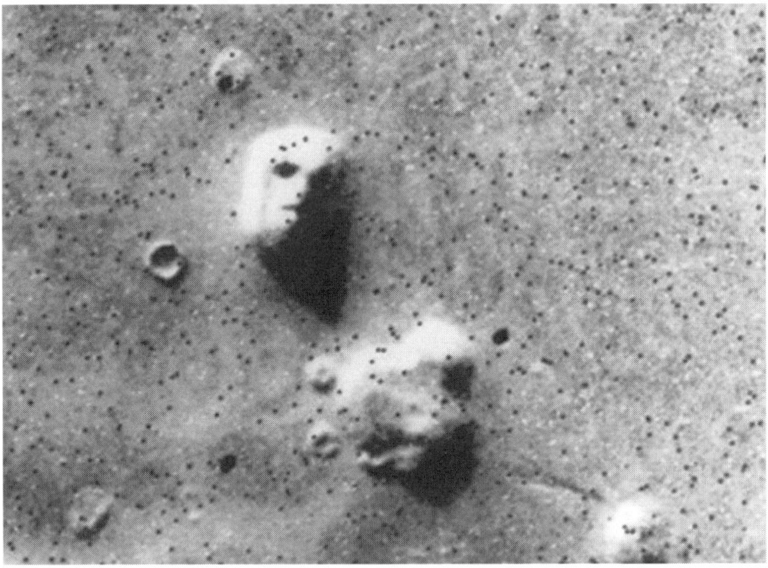

維京人一號一九七六年在火星上所拍到的「臉」。雖然有些人緊抓著這張照片當證據，説這證明了火星文明確實存在，但是調到高畫素之後發現，這張「臉」不過是火星上平凡的小山丘。（NASA/JPL-Caltech）

高興，她剛剛中了樂透，為了慶祝，她決定像個貴婦整天賴在床上，葛瑞格和陶德是內衣模特兒，剛被她聘請來擔任她的按摩師與私人助理。

事實上，這些句子彼此毫無相關，都是我編出來的。但如果你有一顆健康會說故事的大腦，就會自動把它們編成故事的開頭。當然，我們清楚知道這些句子可能是打造出無數個故事的基石，但研究顯示，如果你給人一堆隨機、零散的資訊，他們很難不把它編成故事。

這個論點可以在心理學家海德和齊美爾所作的一項實驗得到完美的詮釋。一九四〇年代中，研究人員製作了一部動畫短片。這部影片相當簡單，有一個大大的靜止不動的正方形，正方形的某一邊有扇活門可以開開合合。還有一個大三角形、一個小三角形和一個小圓形。影片一開始是大三角形在大正方形裡頭，接著小三角形和小圓形出現。隨著大正方形的活門開開關關，其他幾何圖形在螢幕上四周滑動。大約九十秒後，小三角形和小圓形再度消失。

當我第一次看這段影片，映入眼簾的不是粗糙的動畫線條在螢幕上亂跑，而是一則奇怪動人的幾何寓言故事。小三角形是英雄，大三角形是壞人，而小圓形是女主角。小三角形和小圓形一起入鏡，兩個就像一對情侶，然後大三角形衝出房子（大正方形）。

大三角形粗暴地碰撞且進逼個頭比較小的主角（小三角形），並且把試圖反抗的女主角（小圓形）趕進屋內。接著大三角形前前後後追逐著小圓形，想要把她逼到角落，這一幕給人暴力求歡的感覺。最後大正方形的活門打開，小圓形逃了出來和小三角形在一起。接著，這對情侶（小三角形與小圓形）在大三角形窮追不捨之下在螢幕上四處亂竄。最後，這對幸福的情侶總算脫身，而大三角形勃然大怒把自己的房子擊碎。

當然，這是很愚蠢的詮釋。我和福爾摩斯一樣，從模糊不清的線索中組成一個內容豐富又大膽的故事，但

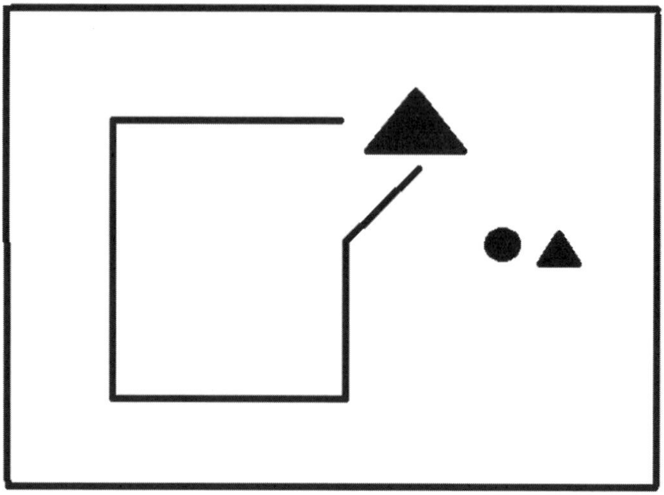

我們可以在youtube上找到海德和齊美爾實驗的復刻畫面。許多人也不斷複製兩人的研究發現。（Jonathan Gottshall）

我並不是唯一這樣做的人。海德和齊美爾讓受測者看過這部影片之後，給他們一項簡單的任務：「描述你看到什麼？」有趣的是一百一十四位受測者之中只有三個給出真正合理的答案。這些人說他們看見幾何形狀在螢幕上四處移動，就只有這樣。但其他受測者都和我一樣，他們眼裡沒看到無血無肉的幾何圖形四處滑動，他們看到一齣肥皂劇：門被大力撞開、求歡的舞蹈、追求者的挫敗。

二十世紀初，俄羅斯電影製作人克魯蕭夫拍了一部類似的影片，片子裡的畫面什麼都沒說，分別是棺材裡躺著一個往生者，一名可愛的美眉，還有一碗湯。各段影像之間，克魯蕭夫放進一張演員的臉部特寫。觀眾發現在那碗湯出現時，演員看起來很餓；屍體出現時，他一臉悲傷；而當可愛的年輕美眉現身時，演員的表情顯然因欲望而改變。

事實上，這位演員的表情根本完全沒變。每個鏡頭之後，克魯蕭夫確實插入相同的畫面，都是演員面無表情地盯著鏡頭。演員的臉上根本沒有飢餓、悲傷或者欲望，只是觀眾把這些情緒加在上面。克魯蕭夫的試驗顯示我們多麼渴望故事，我們多麼熱中於將故事結構強加在絲毫沒有意義的混合畫面上。

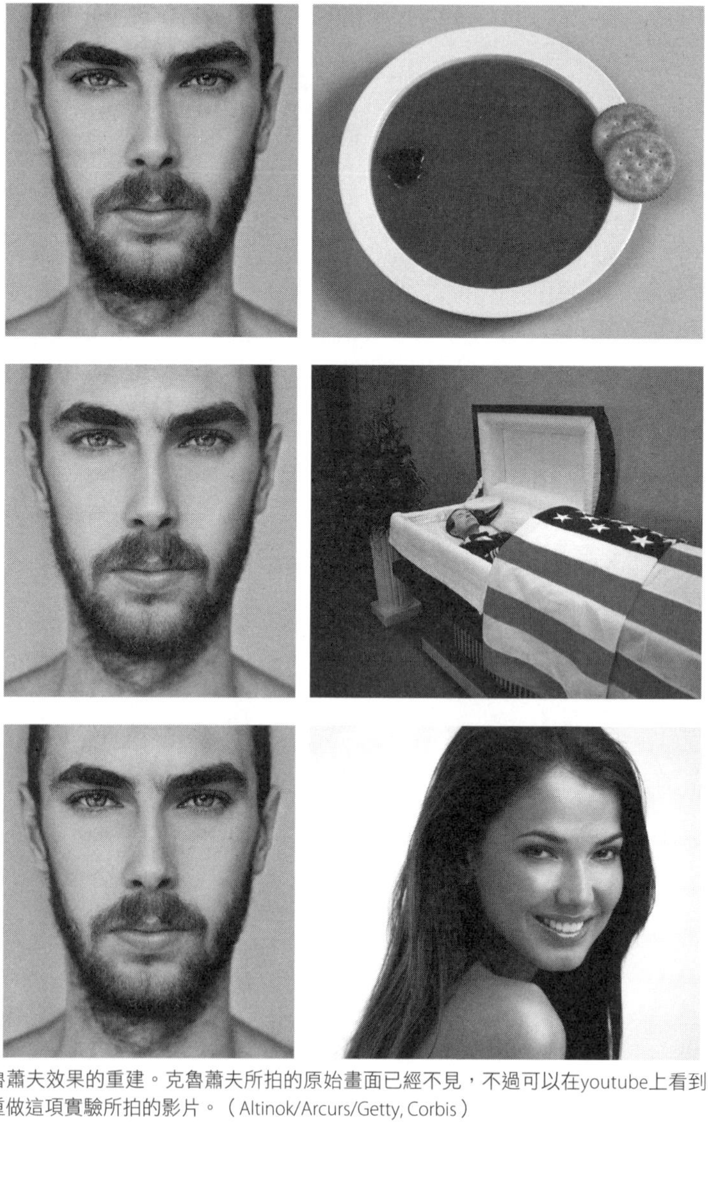

克魯蕭夫效果的重建。克魯蕭夫所拍的原始畫面已經不見，不過可以在youtube上看到不少重做這項實驗所拍的影片。（Altinok/Arcurs/Getty, Corbis）

不過是皮肉傷

兩百多年前，馬修創造出一個鉅細靡遺的虛擬世界，並且固執地讓自己活在裡頭。他的故事就是妄想症，想像出一個荒唐且基本上不合常理的虛擬世界，然後自己對此「堅信不疑」。

妄想症的患者以驚人的意志把自己塞進故事中。有個大腦受傷的父親堅持自己還是個年輕人，卻同時能正確地寫下他子女（已中年）的歲數。患有健忘症與科爾薩科夫氏症候群的人會一直忘記自己是誰，不斷為自己編造新的身分，如沙克所說，科爾薩科夫氏症候群患者，會無時無刻**透過文字編出一個自己（與世界）**的「妄想天才」。科塔爾行屍症候群的患者會認為自己已經像顆石頭般死去，對於自己似乎還活著的事實，他們能找出一大堆有趣的解釋。四肢身障的妄想者可能會堅決否認自己四肢不全，當你要求他們動一動身上缺掉的手或腳，他們會想出一套拒絕你的要求的理由，可能是關節炎，也可能是要反抗醫生的嘮叨。（一九七五年的電影「聖杯傳奇」中有一位黑騎士被亞瑟王砍掉雙臂，這位滿腦子幻想的騎士堅持：「這不過是皮肉之傷。」亞瑟王告訴他：「你已經沒有雙手了！」大量鮮血從騎士斷手的動脈噴出，他依然回答：「不，我還有手。」）

大腦受損或生病的人所虛構出來的故事不僅情節讓人著迷，它們說明健康的大腦帶有何種功能的方式也很吸引人。心理學家發現，一般心理健康的人居然也常常在日常生活中虛構故事。我們如此老練，因此很難從情節裡抓到自己正在編故事，只有透過精密的實驗室工作，才能顯示我們說故事的大腦是多麼瘋狂。

這類研究最初的成果是邁爾在一九三一年所出版的作品。邁爾將受測者單獨留在一間房裡，裡面只有兩條從天花板垂下來的繩子以及一些物品，例如延長線和一支鑷子。他們要求受測者把兩條繩子綁在一起，但這兩條繩子距離實在太遠了，根本沒辦法同時抓在手上，因此有許多受測者都被難倒。實

（Python (Monty) Pictures）

驗過程中，研究員會進到房間查看受測者的進度，受測者就會突然找出問題答案：把鑷子綁在其中一條繩子上增加重量，然後擺動它，伺機同時抓住兩條繩子，再將它們綁起來。

當研究員問受測者怎麼想到這個辦法時，他們會端出一個個偉大的故事。某位參與測試的心理學教授這樣回答：「我想到自己彷彿要盪過一條河，想像猴子在樹叢裡擺盪，有畫面之後解決方式同時出現，整個想法就完整了！」受測者沒提到的是真正刺激出答案的關鍵：當研究人員進入房間時，他會「故意不小心」碰到其中一條繩子，讓它擺動，但幾乎沒有任何一位受測者會刻意提到此事。

另一份較為近期的研究，心理學家要求一群消費者從七雙價位相同的襪子裡挑一雙，當他們仔細看過並且做出選擇之後，研究人員要求他們講出自己的理由。基本上，購物者選擇的依據是顏色、材質與車線品質等細微的差異。其實這七雙襪子一模一樣。問買東西的人確實有固定偏好，但所有人都未能察覺，他們往往會選擇靠右邊的襪子。問他們為什麼選擇這雙襪子，他們不會回答不知道，反而會說出一個故事，合理化自己的選擇。他們都不會承認故事是虛構的，講白了他們就是在撒謊。

這些都是無傷大雅的例子。我們整天講給自己聽的故事真實性多高很重要嗎？另一半為什麼在你走進房間時闔上筆記型電腦呢？為什麼同事看起來滿臉愧疚？誰會介意我們挑襪子的理由是不是編的呢？但是，我們習慣硬編出一個根本不存在的故事，而這個習慣也有黑暗的一面，最明顯的例子就是陰謀論。

事實上，陰謀論帶著強大的創意，而且劇情引人入勝，但有些人就是相信這樣的虛構故事。陰謀論者將真實與想像的資料連結起來，成為一套符合邏輯且滿足人類情感的現實觀點。陰謀論牢牢抓住人的想像力（沒錯，甚至是**你的**想像力），儘管這不完全是因為陰謀論的結構和小說類似，而主要是陰謀論很像小說。陰謀論之所以令我們著迷，是因為它抓出好的故事，展示經典的問題結構，而且一眼就能分辨出好人與壞人。它們刻畫出栩栩如生、令人心生恐懼的情節，娓娓道來的故事變成瘋狂的大眾娛樂。想想丹·布朗的小說《達文西密碼》，想想艾洛伊所寫的「美國黑社會三部曲」，還有「誰殺了甘迺迪」與「戰略迷魂」這個類型的電影，以及電視影集，如「二十四小時反恐任務」與「X檔案」等。

導演瓊斯名氣響亮、憤世嫉俗且全身散發魅力，他藉著拍攝陰謀故事，打造了一個小型的商業王國。在紀錄片「貨幣戰爭」裡頭，身材稍胖、年近四十的瓊斯透過一連串毫無事實根據的影射，暗示有一個「全球菁英」所組成的領袖小圈圈，正在執行一項卑鄙的計畫，試圖掌控地球並奴役人類。他們在路標上做了記號，以便讓入侵聯合國的軍隊可以巡視美國的中心地帶。各家的信箱也已經被小心翼翼地打上記號，如果你發現自家信箱上有一個不大明顯的藍點，你大可鬆一口氣，這代表你只會被送到聯邦緊急事務管理署的集中營。如果貼的是紅點，那就趕快禱告吧，外來的入侵者會當場把你幹掉。根據瓊斯的說法，籌畫此事的人把魔鬼路西法當作偶像，他們想要讓全世界的人口減少百分之八十，然後利用先進的基因醫學，讓自己可以像上帝一樣永生不死。

獨立電影頻道拍攝紀錄片的工作人員，最近跟著瓊斯到全國各地怒吼反抗新世界秩序，調查甘迺迪總統的謀殺案，鼓動九一一真相調查聯盟的群眾。不論是在獨立電影頻道的紀錄片裡，或是在令人不安但每天有一百萬聽眾的流行廣播節目中，瓊斯像個自大的偏執狂。不管到哪，他都很確定自己會被盯上。車子下了高速公路時，他和伙伴會不斷回頭張望，確認沒被跟蹤。當一台普通的小轎車經過他們身邊，瓊斯會拍下這台汽車的照片，然後說：「喔！沒錯，這是軍情單位派出的車！」站在白宮外頭，瓊斯確信一位打赤膊騎著登山車的人是情治單位的特務，不斷記錄他的一舉一動。在飯店接受廣播節目的現場專訪，飯店火災的警鈴大作，他先是「呸」一聲，然後口沫橫飛，再加上誇張的手勢大聲咆哮：「他們要陷害我！他們陷害我！」

平心而論，瓊斯這種偏執妄想和馬修荒誕不經的幻想沒什麼不同，又或者和深具影響力的陰謀論者艾克有什麼差異，當他說這個世界是被外太空來的異形蜥蜴偽裝成人類所統治，看起來並不像在開玩笑。精神病的妄想與陰謀論的異想只是程度之別，而非本質上的差異。所以，馬修的妄想精神病跟身心健康的人所說

瓊斯在紐約帶領九一一真相調查聯盟尋找真相。（Roman Suzuki）

的陰謀論，其實都出自對故事的相同渴望，只不過馬修的妄想算是失常版的故事。陰謀論之中，我們說故事的大腦總是想到事情最陰暗的一面。

陰謀論真正讓人覺得訝異之處不在於故事有多怪異，而在於故事很平凡。使用Google搜尋，輸入陰謀的英文conspiracy，總共可以找到三千七百萬筆資料，一筆一筆細看，你會發現幾乎任何一件事都可以發展出陰謀論。有流傳百年的大陰謀，例如邪惡祕密團體光照派、共濟會和猶太人所引發的政治陰謀。任何一個英年早逝的大明星或政治人物都和陰謀論有關，像是瑪麗蓮夢露、貓王、美國饒舌歌手比吉與吐派克、黛安娜王妃（據說她被謀殺是因為她肚子裡頭有一個阿拉伯寶寶）、羅伯特·甘迺迪、約翰·甘迺迪和金恩博士（據說都是被同一位滿族總統候選人所殺）。卡崔娜颶風也流傳著陰謀論（政府採取行動破壞堤防，淹沒黑人居住的地區），飲用水裡頭加氟是一種控制大腦的手段，添加春藥的口香糖（以色列人用來讓巴勒斯坦的女孩變成蕩婦），噴射機噴出的蒸汽軌跡（噴出強化暴戾之氣的化學藥物到少數族群居住的地區），披頭四合唱團的保羅麥卡尼早就死了，約翰藍儂是被史蒂芬金槍殺的，大屠殺並沒有發生，美國真的有個五十一區專門用來安置外星人，根本沒有登陸月球這回事，類似的例子還有很多。

相信這些故事的人，數量之多的確令人訝異。舉例來說，二〇〇六年七月史霍公司所做的民調顯示，百分之三十六的美國人認為美國政府是九一一恐怖攻擊的共犯，大多數民主黨人與十八到三十歲的年輕人要不是相信政府單位根本就是這次攻擊的積極參與者，要不就是認為政府早知道會有攻擊卻毫無作為，這是將珍珠港事件的陰謀論老調重彈，左派人士在陰謀論上當然不會缺席。又再舉例來說，寫這本書的時候，美國有許多右派人士都沉迷在對歐巴馬總統的臆度之中。認為歐巴馬是穆斯林的臥底（二〇一〇年八月有三分之一的保守派共和黨員相信這件事，整體來說大約有百分之二十到二十五的

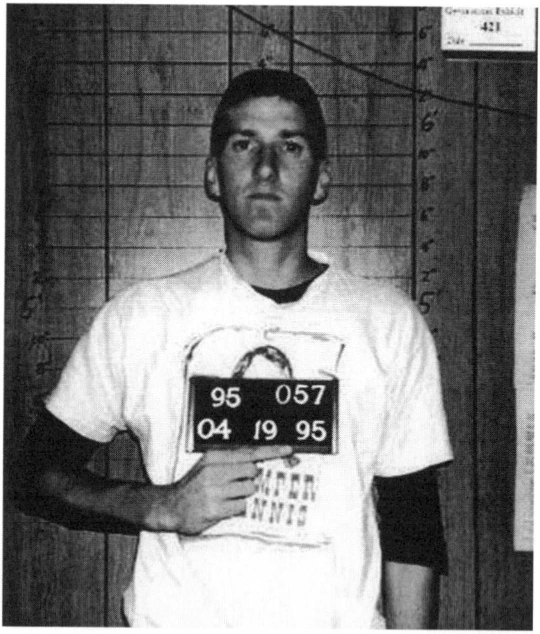

許多陰謀論所說的故事都很有趣，只不過這些故事（不論有多風行）都會產生一定的後果。例如，許多人相信愛滋病是種族主義者的謊言，是要讓黑人嚇得不敢有性行為，或者是逼他們使用保險套，如此一來就可以不流一滴血達成種族屠殺的目的。許多非洲人因為相信這種說法而感染愛滋喪命。圖中的麥克維被視為是「一個活生生反政府陰謀論的典型人物」，他炸掉奧克拉荷馬市的聯邦大樓，因為他抱持一種義勇軍行動的信念：美國政府已經臣服在新世界秩序下。（smokinggun.com）

美國人相信）。百分之四十五的共和黨員相信歐巴馬並不是在美國出生的，或歐巴馬是共產黨，正努力想辦法摧毀美國。也有一說是歐巴馬想要設立納粹式死亡小組，以便將老人安樂死，以及歐巴馬反耶穌（一份充滿爭議的哈里斯民意調查報告指出，百分之二十四的共和黨員對於歐巴馬「可能」是反耶穌份子的說法表示贊同）。

我們忍不住要說坊間流傳的陰謀論代表著民智未開與無知，但這樣說根本不對。如亞諾維奇在《巫毒歷史》一書中解釋：

> 陰謀論大部分源於受過教育的人與中產階級，而且都是在這些人之間流傳。有種說法認為陰謀論是無知、受到神職人員左右的農民以及無產階級的想像，是用一套同樣成熟且用於解釋社會如何運作的想法，取代宗教的信念與迷信，但這說法到頭來根本就是大錯特錯。基本上，捏造與散播陰謀論的人一直都是教授、大學生、管理階層、新聞記者與公務人員。

陰謀論並非專屬於眼睛冒煙大腦秀逗的極端份子。陰謀的想法不是專屬於蠢蛋、無知的人或瘋子所有。陰謀論折射出來的事實是，說故事的大腦總是不由自主地想要找出有意義的經驗。陰謀論針對人類身處的大祕密「世界為什麼這麼糟？」提出最終的答案，他們提出的僅僅是一種解釋邪惡事情的答案。在陰謀論想像的世界中，壞事發生絕非意外。陰謀論認為霉運**絕對不會無緣無故**發生。歷史不單純只是**一件要命的事接著另一件要命的事**，只有笨蛋和盲從的人才會相信巧合。因此，不管陰謀論引爆出多少邪惡的事，最後總是能用單純的劇情撫慰人心。壞事發生的原因並不是因為抽象的歷史與社會上各種變數組成一個瘋狂複雜的漩渦。壞事之所以發生是因為壞人存在，並悄悄靠近我們的幸福。因此你可以和壞人對抗，甚至有可能擊敗壞人，只要你能解讀出背後的故事。

故事裡的道德

在藝術家眼中，生與死就如正常與瘋狂。

——賈納《論道德小說》

當我們翻開猶太教、基督教和伊斯蘭教這三個一神教的經書，彷彿翻閱一本本精采的故事集：人性的墮落、大洪水、所多瑪與蛾摩拉、亞伯拉罕與兒子以撒，耶穌釘死在十字架上與復活，天使長加百列掐住穆罕默德的喉嚨，透過他揭露阿拉用血塊創造了人。拿掉這一連串誕生的名單、拿掉「你應該」與「你不應該」等字串（有位作家說《聖經》裡的戒律其實不只十條，而是七百條）、拿掉教你如何以動物獻祭、拿掉如何打造方舟，你就會看到一篇篇跟生命大事有關的緊湊故事。中東的經書集合了各種野蠻的暴力，神肆無忌憚地虐殺，神憐憫地賜福與赦免，以及人被迫遷徙、男人與女人相愛還生下子子孫孫。

當然，地球上並非只有一神教是以故事為基礎。從整個世界歷史來看，不論大小宗教，幾乎都是如此。遍讀傳統社會的民間故事，主要的故事類型都是神話，用來解釋事物為什麼是我們所看到的樣子。傳統社會中，傳達精神世界的真理不是透過教條或論文，而是透過故事。當時世界上的牧師與僧人早已懂得那些後來獲得心理學證實的道理：如果你想要打動人心、傳達訊息，那就要透過故事來完成。

在神話的指引下，信徒用想像建構出另一套現實世界，跨越人類的起源直到世界末日。信仰者必須在心裡模擬出一個充滿神性的影子世界，他們必須能夠解開星辰所隱藏的密碼、風吹聲、羊的內臟與先知的謎語。

綜觀人類的歷史，神話完完全全支配人類存在的方式。宗教是故事宰制人類精神的終極表現，神話中的英雄完全無視虛實之間的屏障。神話充斥在真實世界中，產生巨大的影響，規範信徒生活中的一舉一動：怎麼吃？怎麼洗？怎麼穿？何時做愛？何時寬恕？以及何時發動聖戰？

為什麼？

宗教普遍存在於人的社會之中，不管以哪一種形式存在，在人類學家調查過或者是考古學家挖掘過的社會中都看得到。即使是現在這個社會，以大腦科學與基因科學掛帥的年代，上帝仍然未死、也未瀕臨垂死狀態，真的，甚至連生病都沒有。尼采想必很失望。世界上大部分的人並

當我說基督教、回教、猶太教等三大一神教的經書是故事，虔誠的信徒可能會覺得這是大不敬。但同樣的，這些人之中很多人會馬上說天神宙斯、雷神索爾，或者印度教的毀滅之神溼婆也都只是故事。（Getty Images）

不會抬頭望著天空，然後像詩人克萊恩一樣說：「沒有上帝。」世界最大的宗教所增加的信徒數量始終超過流失的數量。過去一個世紀以來，當歐洲變得更世俗，世界上其他地方大部分（包括美國）卻變得愈來愈宗教化。

宗教不大可能是在成千上萬不同的文化中分別獨自萌芽的，因此人類的祖先開始從非洲往外遷徙的時候，他們勢必已經是一隻有靈魂的人猿。而且，由於每種宗教都共享某些基本特質，例如相信超自然、相信超驗靈魂、相信魔法的效果（透過儀式與禱告），由此可見，和靈界相關的思想的根源必然深植於人性之中。

可是，為什麼我們會演化成宗教動物？人對於想像世界如教條一般的信念，為什麼**不會**減少我們存活與繁衍的能力呢？

獻祭、儀式、禁忌、圖騰和戒律所需付出的代價這麼高，天擇的簡單機制為何不會跟宗教產生衝突呢？畢竟，為宙斯殺一頭羊就表示你家少了一頭羊。另外，只因為一則古老的故事就為小男孩割包皮，表示遵守規定並非毫無風險。（在發現疾病和細菌有關之前，既無抗生素也沒手術刀，割包皮是非常危險的事，而意外也時有所聞。）同樣地，《聖經》上的教誨，雖然有些規定遵守起來很容易，如不要穿混合材質的衣服，或者不可以用山羊羔媽媽的奶烹煮山羊羔等教誨，但還有一大堆難以遵守的規定，如會遭受石刑的罪：通姦、巫術、褻瀆聖安息日、亂倫、褻瀆神、不聽從父母的話、崇拜偶像者等。

宗教可能是演化適應的結果或演化的副作用，要不然就是兩者結合的結果。對於宗教，一般的解釋是人類創造神，以便賦予社會秩序與意義。人一出生就充滿好奇，必須為一些龐大且無法回答的問題尋找答案：我為什麼會在這？是誰生下我？太陽晚上跑哪去了呢？為什麼生小孩如此疼痛？「我」死之後會怎樣？不是那副破敗腐朽的屍體，而是「我」，那些縈繞在我腦中喋喋不休的想法將何去何從？

基本上，這就意味著宗教是種副產品，也是目前大多數演化論者所接受的說法。我們天生就需要宗教，我們討厭什麼都得不到解釋。在神話之中，我們發現說故事的大腦有高明的虛構症。

有些演化論者，包括帶頭的丹尼特與道金斯，持續地關注宗教行為的黑暗面，像是大屠殺、偏執、偏好愚蠢的信仰而壓抑真正的思想。他們認為宗教是演化瑕疵所帶來的悲劇。道金斯與丹尼特認為心靈無法抵禦宗教，就像電腦無法抵抗病毒入侵。道金斯與丹尼特兩人將宗教視為心靈的寄生蟲（道金斯說過一句深植人心的話，宗教是「心靈的病毒」），對心理有害。對於這些思想家來說，講白了宗教根本不像那些占據我們腸道，可以幫助我們消化的良性寄生蟲。宗教比較像令人作嘔的蟯蟲，會在肛門旁邊生蛋讓人屁股發癢。根據道金斯與丹尼特的說法，如果可以把宗教這個心靈寄生蟲直接消滅，人類生活將會好很多。

這我不敢太確定。但我認為宗教是副產品的說法，掌握到真相的核心：人類捏造出神、靈魂、精靈來填補解釋的空白（這並不等於否認神、靈魂、精靈的可能，而是否認一個文化的超自然故事會比其他文化的超自然故事更有效）。但用演化論的詞來說，這是否表示宗教沒用甚至是有害的呢？愈來愈多的演化論者並不如此認為。

生物學者威爾森在《達爾文的教堂》這本開創性的著作中提出，宗教出現成為穩定人類社會的力量是出於一個簡單的理由：宗教讓社會運作得更好。擁有信仰本能的人，徹底戰勝沒有宗教信仰的競爭對手，於是讓宗教這股潮流深深扎根在人類的本性之中。

威爾森認為宗教帶給人群多種好處。首先，宗教畫出團體界線。如社會學家涂爾幹提到：「宗教是統一信仰與實踐的體系……將所有謹守信仰的人整合成一個道德共同體，也就是教會。」其次，宗教協調團體內部的行為，設定規則與道德、懲罰與獎勵。第三，宗教提供一套有力的誘因體系，能促進團體合作並且能抑制自私。科學作家韋德簡潔地表達出威爾森的核心概念：宗教的演化功能是「將人連結在一起，讓他們將團體利益置於個人利益之前。」

無神論者通常對於這些聰明、但卻毫不猶豫就接納這些非理性信念的信徒，感到相當訝異。從無神論者的觀點來看，地球上的信徒就像數十億個笨到想挑戰風車的唐吉訶德。

但威爾森指出：「看似非理性、不正常的宗教元素，如果以演化論者眼中唯一且適切的黃金標準來判斷，也就是用**宗教要求人做什麼**來看，那就顯得很有意義了。」宗教一般會要求人的儀態表現得更接近團體成員（同教派的人），並且積極伸張團體的利益以對抗競爭者。如同德國演化論學者賈格在一八六九年所主張，宗教可以被視為是「演化過程中爭取生存的武器」。

如賈格所說，我們無法憑藉這裡頭的任何一點，就認定宗教大體而言是個好東西。宗教有很多好處，包括它用道德教條將人連結在一塊，成為一個更和諧的集體。但宗教顯然也有黑暗面：隨時可以變成武器。宗教讓信仰相同的人聚在一起，**而且**讓宗教信仰不同的人彼此對立。

神聖的歷史

在社會中，凝聚人群的故事並不是只有超自然的神話。國族神話也有相同的功能。我最近問還在讀一年級的女兒艾碧，學校是怎麼講述哥倫布的故事。艾碧的記憶力相當不錯，因此想到的還算不少：三條船的名字，哥倫布在一四九二年航行過蔚藍的大海發現了美洲，以及哥倫布證明地球是圓的而不是平的。這些事情和我三十年前在小學時候所教的內容完全一模一樣，也和我父母親那一輩所學的如出一轍。

但是學校教艾碧的幾乎都是虛構的故事而非歷史，這段故事大部分的細節完全錯了，其他的部分也都是誤導，小細節

哥倫布抵達新大陸，由普布拉（一八三一～一九〇一）所畫。（Library of Congress）

如：一四九二年受過教育的大多數人都和哥倫布一樣，相信地球是圓的。大錯誤是沒有人告訴艾碧，哥倫布第一次登陸的地點是西印度群島，在那裡他提到阿拉瓦克印地安人：「很適合當奴隸……只要五十個人就可以征服他們所有的人，讓他們完成我們交辦的任何事。」哥倫布和他的隨從就這樣做了，任憑他們內心的貪婪與殘忍的創造力虐殺並奴役阿拉瓦克人。經過大約六十年左右，阿拉瓦克人幾乎完全滅絕。也沒有人告訴艾碧，這不過是長達一世紀、掠奪北美印地安人生活的第一個階段而已。

修正史學的專家，例如津恩和洛溫，一直認為美國歷史文獻已經被徹底粉飾，根本不是歷史。他們呈現的是一種打定主意要遺忘的歷史，抹去國族記憶之中令人感到羞恥的事，以便讓歷史可以作為團結人民以及愛國的神話。哥倫布的故事，史廣多與感恩節的起源，華盛頓不會說謊等等，都被視為是國族國家創造的神話。他們不會把故事裡的主角刻畫成真實且有缺點的凡人，他們要的是一位在英雄故事中被包裝粉飾過的主角。這些神話的目的不是要如實呈現曾經發生過的事，而是要說出一個可以把群體連結在一塊的故事，要能夠「合眾為一」。

許多評論者認為，津恩和洛溫這一類修正史學派不是神話的破壞者，而是反神話故事的編織者。在他們眼中，西方社會應該遭到丟棄，而土著社會則是被美化得過於荒唐。他們指出每一個社會，包括新大陸以及被西方人所摧毀的非洲社會，都有漫長的戰爭史與征服史。對於他們來說，西方征服者的力量與受害者之間最大的差異在於工業技術。舉例來說，如果貪婪的阿茲提克帝國早點發展出航海工具遠赴歐洲，他們或許也會進行劫掠與搶奪。人類在整個歷史發展中一直都很卑鄙，過去五百多年來，西方人只是剛好比其他人更卑鄙罷了。

但是，這種比較平衡的史觀，因為晦暗，學校並不會教。從整個歷史來看，我們一直都在教神話。神話教育我們：我們不僅是好人，也是有史以來最聰明、最大膽、最棒的人。

超越想像

以下這段戀情是老少配。湯姆只有二十二歲，身材高瘦，有著稚氣臉龐加上孩子般的體型。莎拉體態豐滿而且笑臉迎人，她看起來比實際年齡四十五歲年輕許多，如果不細看她黑髮裡夾雜的白髮，說她是湯姆的姊姊也有人相信。湯姆大學畢業時，莎拉決定帶他到巴黎做為獎勵，她笑著說：「我要當你的甜心媽媽！」

他們在這座城市歡度十天，有時候就只是發呆望著艾菲爾鐵塔，流連在神奇的羅浮宮以及壯麗的巴黎聖母院。離開前倒數第二個晚上，他們在拉丁區一間紙醉金迷的小酒吧享用晚餐、喝紅酒。湯姆和莎拉察覺到其他客人的目光，大家老是盯著他們。當他們手牽著手沿著巴黎林蔭大道漫步時，可以感覺到陌生人的眼光正打量著他們，對他們品頭論足，在背後竊竊私語。他們知道那些人在想什麼：這樣不行，她年紀大得可以當他媽媽了。

也許巴黎人根本沒這樣想，也許巴黎人注視他們只因為他們是一對迷人的情侶，而且顯然陷在熱戀之中。也許湯姆與莎拉過於偏執，但如果真是如此，也不用感到意外，這對戀人已經為了自己的幸福付出很大的代價。莎拉的母親知道這場戀情之後，發誓在她接受治療之前，都不再和莎拉說話；莎拉的同事在公司的茶水間悄悄地講些下流的話。至於湯姆這邊，他和兄弟為了這樁戀情吵到痛哭；當他把莎拉的事說給死黨聽時，他們笑得很神祕，以為這只是一個爛笑話。但是當莎拉開始在湯姆的房間過夜，死黨召開一場緊急會議，想把湯姆趕出這間房子。

老實說，這對情侶享受旁人的評價，因為這件事本身的樂趣就出於此。他們喜歡把自己想成叛徒，有勇氣活在傳統眼光的蔑視之下。他們坐在小酒吧裡喝酒，最喜歡反問自己：他們傷害了誰？為什麼別人愛管閒事又愛妒忌？為什麼他們的道德觀如此狹隘又如此膽小？

他們沿著塞納河走回旅館，邊走邊喝酒，準備大鬧一場。進到房間之後，湯姆在門把掛上「請勿打擾」的牌子。然後，湯姆又蹦又跳地在整個房間打滾，兩人激烈狂野地做愛。

事後，湯姆癱在莎拉身上，她抱著還在喘息的湯姆，讓他的頭靠在自己的胸前，一邊撫摸著他的捲髮，一邊在他耳邊甜蜜絮語。當湯姆呼吸恢復正常，他滾回自己的枕頭上問：「媽咪，我們明天應該去哪裡逛逛呢？」

莎拉把頭靠在他的肩膀上，撫摸著他稀疏的胸毛。她一邊笑一邊搔他癢：「也許我們明天賴在床上就好！」湯姆對著她咯咯笑說：「媽（呵）……媽！停（呵）……停！」

我先說我這樣做很對不起你們，這樣的品味的確有點問題。但是，我有自己的理由，底下說明給你們聽。

如果你和大部分人一樣，大腦可能會忍不住浮現出這段虛構的巴黎愛情故事。如果你去過巴黎，這座名城的景致會闖進你的腦海。如果你不曾到過巴黎，透過電影、圖畫和明信片所看到的影像依舊會湧入腦中，伴隨著戀人在一間迷人餐廳用餐的畫面栩栩如生。當故事轉向兩個人的床笫之歡，你對故事的興趣可能已經被挑起。你可能已經開始想像湯姆和莎拉一絲不掛的樣子，還有水乳交融的動作。畢竟，此時此刻兩人的海誓山盟，不僅僅是浪漫小說或色情片的重要環節，也是所有故事類型的主要情節。

但是，當你得知這對戀人實際上是母子的時候，你會作何反應？心理會反抗嗎？你會發現自己想要把這些畫面從大腦抹去嗎？這就像一個小孩吃下一塊美味的蛋糕，當她知道蛋糕是用自己討厭的胡蘿蔔做成的時候，她可能立刻把蛋糕吐出來。

這個令人反感的小故事是受到心理學家海特所啟發的，他為了研究道德邏輯，讓人接觸這類讀來不甚舒服的小說情節。（除了兩情相悅的亂倫，海特讓人感到不舒服的情節還包括人和死雞發生性關係，有個家庭在愛犬被車撞死之後把牠煮來吃。）如果故事裡的男女主角毫無血緣關係，你或許會樂於想像他們做愛的畫面，但知道真相之後會讓幻想破滅。即使故事明顯表現出兩個成年人是兩情相悅，享受情感與肉體上滿足的關係，但大部分的人還是不願意，甚至不敢想像這種關係在道德上是可被接受的。

這很特別，因為人幾乎在故事中想像任何事：狼可以吹倒房子；在卡夫卡的《變形記》裡，人在睡覺時變成一隻噁心的蟑螂；卡通「史瑞克」裡的驢子會飛、會說話、會唱節奏藍調歌曲；「一位死而復生，沒有父親的神人（耶穌）具有超能力確保天堂的永生」；白鯨可能真的是邪惡的化身；時間旅者可以回到過去，殺死一隻蝴蝶毀掉未來，而這是布萊伯利的劇作「雷霆萬鈞」。

或許應該說：人類願意想像任何事情，但想像的彈性並未延伸到道德領域。精明的思想家回到哲學家休姆那個久遠的年代，回到他察覺出的一種「想像抗拒」的傾向：如果有人試圖告訴我們，壞的即是善的，而好的就是惡的，顛覆我們對好壞的認知，那我們將不會遵循。

這就是為什麼杜斯妥也夫斯基**不把**《罪與罰》寫成以下這個樣子：拉斯克尼科夫為了尋求刺激而殺了放高利貸的老太婆和她弱智的妹妹，他一點都不懊悔，還向家人與朋友吹噓，然後他們都笑到不能自已，拉斯克尼科夫是個好人，從此會過著幸福快樂的日子。

或者根據史威夫特的諷刺文〈一個小小的建議〉，想像一則短篇故事。史威夫特建議只要啟動販賣嬰兒肉這個產業，愛爾蘭所有社會問題都將迎刃而解。如果這不是一篇諷刺故事，試著想像以下這則故事，作者寫到一個窮困潦倒的婦女用母乳把小孩養得白白胖胖，為的就是讓有錢人可以享用嬰兒排骨以及蔬菜燉嬰兒肉，可是作者卻無法清楚點出這種行為哪裡不對勁。

或者想像一篇講述羅馬皇帝埃拉伽巴路斯的故事。據說他常常在宮前的草坪上屠殺奴隸，對象不分男女老幼，只因為他發現盯著鮮血在草地上閃耀的光澤讓他心情愉快。這篇故事表彰埃拉伽巴路斯是個藝術先驅，闡述他為了追求美，即使面對善惡分明的道德守則也無所畏懼。

同樣地，我們不願意想像，竟然會有一個世界是可以接受母子亂倫的，大部分的人也都不願意想像，居然有個世界可以接受屠殺奴隸、嬰兒或當鋪老闆。

說故事者深知此道。他們的確對著我們說出了許多讓人大吃一驚的情節，邪惡、淫蕩，與殘忍，想想《蘿莉塔》，想想《發條橘子》，想想《泰特斯安特洛尼克斯》（在這篇莎士比亞的戲劇中，兩個男人殺了另一個男人，強暴他的新娘，還割掉她的舌頭、砍斷她的手；新娘的父親殺了兩個強暴犯，把他們煮成肉餅，拿給兩人的母親吃，然後把這位母親也殺了，之後再殺死自己那個遭到強暴的女兒，後來他也被殺了，而殺死他的兇手最後也被殺了），我們就愛這一味，當小說中的壞蛋遭到折磨、殺害與強暴，我們很痛快、卻又不敢表現出很樂見這樣的結局。但說故事的人不曾要求我們同意。道德上令人厭惡的行為是小說中很重要的成分，但說故事者也因此遭到撻伐。杜斯妥也夫斯基說得很清楚，拉斯克尼科夫殺掉這些女人非常不對，史威夫特也講得很白，不論對經濟多有貢獻，將養小孩視為養小牛一樣是為了食用他們的肉，這種說法同樣不對。

美德獎勵

流放詩人、說故事的人，希臘哲學家柏拉圖透過理想國的故事宣揚，人除了犯罪之外也必須為不道德的行為付出代價。柏拉圖的說法只不過是在後來一連串群起攻擊小說侵害道德的行動中，最早起頭的一個罷了。他們說廉價的驚悚小說、毫無文學價值的小說、漫畫、電影、電視或電玩都殘害年輕人，讓他們變得很懶惰、充滿攻擊性而且不大正常。

但柏拉圖錯了，那些跟著他急著攻擊小說的人也錯了。整體來說，小說充滿強烈的道德主義。沒錯，小說裡頭確實出現邪惡、反英雄，從密爾頓《失樂園》裡的撒旦到黑道家族裡的索普拉諾，都讓我們深深著迷。小說還讓我們走進故事之中，評判對錯，對此我們也顯得興致勃勃。有時候我們會發現自己打從心底為撒旦和索普拉諾此等反派英雄喝采，甚至是為《蘿莉塔》中的戀童癖亨伯利歡呼，但說故事的人並不是期望我們贊同這些反派角色的殘酷與自私，說故事的人幾乎不曾讓他們從此過著幸福快樂的日子。

最早的英文小說之一是理查森一七四〇年出版的《潘蜜拉：美德的獎賞》，這本書的副標題幾乎可以套在人類所想像出來的各種故事之上，從最早的民間故事到現代肥皂劇與職業摔角。故事的發展是順著因果報應而寫，至少是根據我們對因果報應的期待來寫。正如文學家弗烈奇在他的書《因果報應》之中所說，閱讀故事所產生的大多數情感，例如恐懼、希望與不安，反應出我們相當在乎因果報應，好人是否有好報，而壞人是否得到應有報應。多數的情況下都是如此，但有時候會有例外。當天理無法昭彰，我們會嘆著氣把書闔上，或者緩慢地離開電影院，意識到自己剛剛經歷了一場悲劇。

包法利夫人為了她的愛人裸露。一八五七年，福樓拜曾遭指控其作品《包法利夫人》嚴重反叛道德與宗教。福樓拜的律師成功為他辯護，指出這部小說雖然描寫不道德的行為，但它本身是道德的。包法利夫人有罪，而且她也為此付出代價。（出自*Madame Bovary: A Tale of Provincial Life*, Gustave Flaubert, M. Walter Dunne, 1904）

如果只算電視，美國小孩成年之前將目睹二十萬次暴力行為，其中有四萬次殺人，也就是說這還不算電影或者是在電玩遊戲殺掉的無數敵人。社會科學家對於這種殘殺憂心忡忡，認為這將導致現實世界的暴力增加。這些人言之成理（我們在下一章節有更詳細解釋），但他們也忘了一件事，虛構故事在講述暴力時從來不是道德中立。當惡棍殺人，他的暴力遭到譴責；當英雄殺人，他或她往往表現得理直氣壯。小說所傳達的訊息是，暴力只有在特定的情況下才可以被接受，那就是要保護好人或弱勢一方，免於受到壞人與強勢一方的欺負。沒錯，有些電視遊戲，例如「俠盜獵車手」是在美化邪惡，但這樣的遊戲只是證明了在一般規則之外確實會有一些聲名狼籍的例外。

心理學家布魯納寫過：「偉大的小說在精神上是顛覆的。」我並不同意這種說法。作家常常想對傳統的認知進行挑戰或挑釁，尤其是過去一個世紀以來的作家更是如此。每一本遭到焚毀與查禁的書都有理由。但這類小說大部分都是道德小說：它讓我們支持端莊、符合社會的行為，並且否定敵人的貪婪，而這些反派人物通常是腦滿腸肥。正如小說家托爾斯泰與賈納一貫的立場，小說本質上充滿深深的道德感。在所有光彩底下，小說還是偏向於說教，而講述的內容通常是相當循規蹈矩的道理。

巴斯特在《燒掉房子》一書中，哀嘆現代小說中的「對手已死，任何對手都死了」。

他確實說到重點。過去一百年左右，小說裡的道德界線愈來愈模糊。最近有線電視影集，如「光頭神探」、「火線重案組」、「嗜血法醫」、「絕命毒師」、「黑道家族」、「死木」等等，故事中走在偏鋒的主角非常清楚地說明這一點。

但我要陳述的是一般觀點，而不是絕對觀點。我認為「對手已死」的說法可能過於誇張，而且只是從這些有線電視中偏激的反派英雄中得出的論點。他們真的打亂了我所描述的道德模式嗎？又或者，他們讓

一名埃及女人正在說《一千零一夜》的民間故事。我們不應忘記，時至今日，說故事的人如果攻擊團體價值就會遭遇到實際的風險。在發明書本之前的幾千幾萬年，故事只能口述。部落的族人會圍著一個說故事的人，聚精會神地聽他講故事。部落說故事的人一旦貶低那些經過時間考驗的價值，蔑視團體規範，將會面臨嚴重的後果。（想像一下，如果這位埃及女人決定編個故事說先知穆罕默德整天喝酒，那會怎樣？）因此，口述的故事一般都反映了「濃厚的傳統主義或保守主義的想法」。（自出*Oriental Cairo*, Douglas Sladen, J. B. Lippincott Company, 1911）

「絕命毒師」的懷特或索普拉諾的靈魂亦邪亦正，只不過是在舊的道德戲碼上增加一些新的變化？不論如何，我同意記者史蒂夫．強森的說法，他的結論指出，在主流電影、電視節目、電玩、通俗小說中最受歡迎的故事形式，仍然以因果報應為結構：「好人仍然會勝出，而獲勝的原因是他們誠實並遵守規則。」

如果故事之中真有一種普遍的傳統教化模式，也就是可以放諸四海皆準（雖然有些例外），那麼這些模式從何而來？弗烈奇認為這反映出人性之中的道德衝動。我認為他說對了，而且不僅是反映這股衝動，我還認為它更進一步**強化**了這股衝動。正如故事的問題結構點出故事背後重要的生物功能（預先面對問題），小說中的道德主義可能點出故事另一個重要的功能。

在一系列的論文和即將出版的新書中，凱羅、詹森、克魯格和我都提出，故事藉著鼓勵我們遵守道德，可以讓社會運作得更好。正如神話、日常生活的故事（從電視節目到童話故事）讓我們所有人都籠罩在相同且深具影響力的規範與價值之中。他們努力將反社會的行為汙名化，也努力彰顯符合社會規範的行為。我們經由想像得知，如果自己的行為更像主角，那更有可能跟主角一樣獲得圓滿的回報，例如愛情、社會成就，以及其他快樂的結局，也比較不會得到反派人物的下場，例如走向死亡或者是社會地位一落千丈。

人類生活有一大部分是活在虛構的故事之中，在一個善有善報、惡有惡報的世界裡。這些模式不只反映人類心理的道德偏見，似乎也強化這種偏見。荷蘭學者卡克穆德在《道德實驗室》中回顧大量的科學研究後指出，小說對讀者的道德發展與同理心有正面效果。換句話說，當我們討論道德法律時，雪萊似乎說得很對：「詩人就是世界上隱形的立法者。」

同樣的證據是來自心理學

證據顯示小孩在角色扮演遊戲中，講故事的動力基本上都是因果報應。根據艾肯所寫的書《遊戲讓孩子更聰明：玩出創造力與競爭力》，小孩的角色扮演遊戲有清楚的「道德暗示，也就是好人對抗壞人」。孩童遊戲中的情節是正邪兩方衝突所引發的陣陣漣漪，就像圖片中小孩扮演警察與搶匪。（Howard Sochurek/Getty Images）

家艾培爾在二〇〇八年針對電視觀眾所做的研究。想想看：一個社會要正常運轉，世人必須相信正義。他們必須相信善有善報、惡有惡報。除此之外，世人真的相信生活會處罰壞人、獎勵好人。儘管事實如艾培爾所說：「顯然不是如此。」好人總是碰上壞事，而大部分的犯罪都不會受到懲罰。

在艾培爾的研究中，平常都看電視劇情片或喜劇的人，基本上有更強的「正義感」，這跟大量收看新聞節目與紀錄片的人完全相反。艾培爾的結論指出，小說讓我們的大腦一直沉浸在善有善報、惡有惡報的主題之中，如果世人過於樂觀，覺得世界整體看來是個公正的地方，小說或許要負起一部分的責任。但我們把這些牢記在心，或許是人類社會得以運轉很重要的一部分。

走進電影院，坐在前排，但不要對著銀幕看電影，而是回過頭去看看這些觀眾。在忽明忽暗的燈光下，你會看見一群臉孔，有白有黑、有男有女、有老有少，全都盯著銀幕。如果電影好看，這些人的反應就會像同一種單細胞生物。他們會一起退縮、一起喘息、一起哄堂大笑、一起屏住呼吸。一部電影將各式各樣不同的陌生人連結在一起，讓他們同步思考、行動。電影的精心編製操縱了他們的感受、想法、心跳快慢、喘息速度，還有流汗的多寡。一部電影融合各種心靈，灌輸情緒與心理的統一，直到開燈與結束的字幕出現前，電影讓人合而為一。

事情一直都是這樣。自己一個人坐在沙發讀著小說或看電視，很容易就讓我們忘了，一直到幾世紀之前，講故事還是種強而有力的社群活動。在文字發明的幾萬年前，故事只在講者與聽者聚在一塊時才會發生。即便是印刷術發明之後，書本也還沒便宜到讓每個識字的人都買得起。幾千年來，故事都只能透過口述，由說故事的人或演員來吸引聽眾與觀眾，讓他們的心理與情感一起上下起伏，讓他們全部都接收相同的訊息。

最近幾世紀以來，科技已經改變

（Randy Faris/Corbis）

故事的集體性，但並未摧毀它。現在我們可能是獨自一人讀完大部分的故事，或者是和家人與朋友一起看，但我們仍然從事一種受到社會規範的活動。我可能自己一個人欣賞「絕命毒師」、「超級製作人」，或者是閱讀《達文西密碼》或《龍紋身的女孩》，但還有數百萬人坐在數百萬個沙發上，看著相同的故事，剛好經歷相同的神經、情緒與生理變化。我們仍然擁有集體的經驗；只不過是時間與空間被分開了。

換句話說，故事藉著強化一套共同的價值，加強共同文化的連結，持續執行它把社會連在一塊的古老功能。故事把文化灌輸給年輕一輩；故事界定人之所以為人的道理；故事告訴我們什麼值得讚許，而什麼會遭到鄙視。故事不斷地鼓勵我們的行為要得體而不能墮落。故事是社會的潤滑劑與凝膠：藉由鼓勵我們循規蹈矩，減少社會摩擦，並且同時讓人圍繞著共同價值。故事將我們同化，讓我們合而為一。這就是麥克魯漢「腦中地球村」概念的一部分。科技已經廣泛地散布在掌握相同媒介的人身上，讓他們成為橫跨全世界的地球村公民。

不論是神話或民間故事，故事也許是人類生活中**主要的**凝聚力量。社會由各種不好相處的人所組成，大家的性格、目標與關切的議題都不相同。什麼力量超越血緣將我們連在一起？答案就是故事。正如賈納所說，小說「基本上很正經，而且可以帶來好處，小說是一場用來對抗混亂與死亡、克服不確定的遊戲」。故事是抵禦社會混亂的力量，是阻止事情走向分崩離析的力量。故事是一切事物的核心，少了核心，其餘的一切都站不住腳。

7 改變世界的故事

一連串手寫的符號居然包含了不朽的意象、錯綜複雜的思想，以及一群活生生的人在裡頭說唱逗笑的新世界，而對這種奇蹟我們居然荒謬地習以為常。

——納博科夫《幽冥的火》

阿洛伊斯於一八三七年出生在維也納北部丘陵區的小村莊史托奈斯。希克乎貝爾家族世代務農，但阿洛伊斯憑著努力攀升得到一份公家機構的鐵飯碗工作。阿洛伊斯在林茲小鎮養家活口，總共生了九個小孩，其中一個兒子取名阿道夫．希特勒，而這個孩子天生就是為了歌劇而活。

希特勒孩提時的朋友庫比蔡克回想到，在希特勒十六歲的時候，兩個人跑去看華格納的歌劇「黎恩濟」。整整五個小時的表演，兩人坐在廉價座位區，目不轉睛地往下看著羅馬護民官黎恩濟的英雄事蹟在嘹亮的歌聲中一幕幕展開。表演結束之後，兩人一起走在林茲小鎮蜿蜒曲折的街道上，雖然筋疲力盡，內心卻澎湃不已。

本來非常健談的希特勒變得異常沉靜。沉默之中，他帶著朋友攀上弗賴貝格山丘，俯瞰多瑙河。希特勒突然停下，握住庫比蔡克的手，「渾然忘我欣喜若狂地」顫抖著，他說「黎恩濟」已經揭露自己的命運。「他受到大魔法的召喚，想像自己與祖國人民的未來……他提到有一天自己將會接受人民所賦予的使命，帶領他們走出奴役，登上自由之峰。」接著，庫比蔡克看著希特勒走向深夜。

年輕時，希特勒夢想成為一名偉大的畫家，他在十七歲休學搬到維也納，希望進入現代美術學院學畫。雖然希特勒當時可以畫出風景與建築物，卻無法克服人物畫，因此兩度遭到學院拒絕。希特勒內心感到相當沮喪，於是整天無所事事、遊手好閒。他靠著快速畫出維也納地標的技能，換取等值的物品，這些物品以現在的幣值來算約值十到十五美金。他有一陣子落魄到和酒鬼與無業遊民一起住在遊民收容所，還曾經好幾個小時在街上遊蕩，只為了躲避收容所房間裡的蟲子。他在救濟站解決吃飯問題，冬天就靠剷雪賺點小錢，並且在有暖氣的公共場所度日。有時候他會在火車站附近繞繞，幫人家提行李賺點小費。

希特勒小時候。（Deutsches Bundesarchiv）

希特勒的親戚曾經試著要介紹工作給他，例如擔任麵包師傅學徒以及海關工作人員，不過都遭到他拒絕。即便經過這些年的掙扎與失敗，他看「黎恩濟」的頓悟所帶來的信心卻從未動搖：他知道自己會名留青史。

希特勒並不姓希克乎貝爾，由於他的父親阿洛伊斯是私生子所以自小從母姓。但阿洛伊斯的媽媽後來改嫁給尤漢．希特勒，因此阿洛伊斯三十九歲時合法地改從繼父的姓，但有各種不同的拼法，像是 Hiedler、Huetler、Hitler 等。政府機關的職員在處理這個改名的申請時，決定採用最後一種拼法，於是阿洛伊斯．希克乎貝爾就變成了阿洛伊斯．希特勒。

最好的希特勒傳記作者之一柯蕭寫道：「希特勒是少數對歷史具有決定性影響的人之一，沒有他，世界歷史將會截然不同。」然而，歷史學家曾經不斷地臆測，如果希特勒當初被美術學院接受，或者他在一九〇六年那個晚上沒去看「黎恩濟」而讓自己陶醉在成為民族救星的幻想之中，那二十世紀的歷史發展或許會比較溫和。

歷史學家對庫比蔡克的回憶錄《我眼中的青年希特勒》一書的許多內容感到懷疑，因為這本書一開始就是納粹黨精心設計的英雄崇拜作品，直到二次大戰結束之後才寫完。即使如此，「黎恩濟」這段情節似乎不假。一九三九年，希特勒到拜羅伊特拜訪作曲家華格納的兒子西弗烈得．華格納。這家人的小孩非常仰慕希特勒，暱稱他為「沃夫叔叔」。西弗烈得的太太，也就是葳妮，是希特勒很特別的朋友，希特勒跟她提到自己看「黎恩濟」的頓悟：「這就是一切的起點，也就是我從一個沒出息的、沒沒無聞的小男孩，搖身變成一位偉大的獨裁者的過程。」希特勒也將這段和「黎恩濟」相遇的故事告訴身邊好友，例如他的建築師史畢爾以及手下的將軍。

當然，這並不代表希特勒年輕時如果沒去看「黎恩濟」，歷史就會改變，不會有二次世界大戰以及大屠殺。即使是對這則有關「黎恩濟」的故事存疑的歷史學家，也從不否認華格納廣泛流傳的英雄故事，夾雜日耳曼的神與騎士、女武神與巨人、善與惡對立鮮明的寫照，這些對希特勒的人格都有深遠的影響。

華格納不只是位才華洋溢的作曲家，也是一位極端的

希特勒一九一四年所畫的「慕尼黑老屋的庭院」。一九八三年出版於瑞士的《畫家與工匠希特勒》這本書，收錄了七百五十幅希特勒的水彩畫、油畫和素描。這些作品曾提供給紐約幾間出版社，不過都遭到拒絕，「他們拒絕的理由是這些畫作會讓大眾誤以為希特勒有人性。」（Cynthia Hart/Corbis）

日耳曼民族主義者，寫過許多充滿煽動性的政治小冊子。他是一位惡毒的反猶太主義者，早在納粹份子提到猶太人的威脅之前，華格納就已經對此提出一個「偉大的解決方案」。希特勒把華格納當神崇拜，並說華格納的音樂就是自己的宗教，他看過華格納的歌劇「尼伯龍根的指環」不下一百四十次，當他成為領袖之後，不論到哪都一定帶著華格納的唱片。他認為這位作曲家是自己的導師、楷模，是他真正的祖先。根據一九三〇年代法國駐柏林大使龐塞指出，希特勒「活在」華格納的作品之中，他相信自己會成為華格納劇中的英雄，他是羅恩格林、齊格菲、年輕騎士華爾特，尤其是帕西法爾。換句話說，他把自己當作現代騎士，竭力對抗邪惡力量。

華格納（一八一三～一八八三）。（出自*Richard Wagner: Composer of Operas*, John Runciman, G. Bell and Sons Ltd., 1913）

深受好評的希特勒傳記作者費司同意龐塞的說法：「因為拜羅依特大師（華格納）

不只是希特勒的偉大典範，他也是年輕人的思想導師……〔華格納〕的政治著作和歌劇，形成希特勒意識型態的整體框架……在這裡他發現自己如何看待世界的『偉大基礎』。」希特勒自己說過：「要了解國家社會主義的德國，必須要先了解華格納的作品。」

紙上人

小說裡的角色不過是揮灑在紙張上的墨水（或者是膠捲上的化學汙漬）。他們是紙上人物，住在墨水勾勒出來的屋裡，而屋子也坐落在由墨水刻畫出來的小鎮之中。他們從事的工作來自作者的墨水，遇到的問題也是墨水寫的，他們流的汗是墨水、滴的淚是墨水，當他們被殺害，灑的血也是墨水。可是這些印刷出來的紙上人卻毫不費力地穿越那層橫隔在我們與油墨世界之間的多孔薄膜。他們走進活生生的世界，並且發揮真實的影響力。如我們所見，這是宗教神話真正引人注目之處，經典作品中的紙上人真實地、活生生地出現在我們的世界。他們形塑我們的行為與習慣，也藉此改變了整個社會與歷史。

一般的小說也是如此，一八三五年李頓寫了一本叫《黎恩濟》的小說。年輕的華格納受到這本小說的啟發，決定根據小說譜出一部歌劇。李頓喚醒這些由紙張與墨水所構成的人，華格納再將這些紙上人搬到舞台上，用歌曲唱出他們的故事。這些歌曲改變了希特勒，並且透過希特勒改變了整個世界。華格納的紙上人物，包括齊格菲、帕西法爾、黎恩濟等人，在引發史上最慘烈的戰爭以及大屠殺的各種複雜原因中，扮演重要的角色。

《大英百科全書》第十一版聲稱文學藝術具有龐大的影響力，認為文學藝術和火的應用一樣「深深影響人類命運」。但這點並不是每個人都同意。奧登寫過：「詩毫無作用。」王爾德也寫過：「所有藝術都毫無用處。」從這些觀點來看，故事的效果相對而言並不顯著。畢竟，大部分的人都不是笨蛋。他們知道真實與幻想之間的差異，他們抗拒被虛構的故事所操弄。

直到最近，這場爭論才因一樁祕史而引起更廣大的注意。迄今，最有名的是紙上人伊麗莎所面臨的境況。年輕美麗、熱情善良的伊麗莎是謝碧農場的奴隸，她不願見自己的小兒子哈利被賣到「河的下游」，在美國深南部條件更糟的農場生活，因此決定逃往北方。有關她逃離的事蹟從一八五一年開始在「國家時代」這份報紙上連載。當伊麗莎站在俄亥俄河的南岸，河這一邊是蓄奴州肯塔基，另一邊則是自由州俄亥俄州，她俯視著河裡一塊塊漂流的浮冰，讀者也跟著她屏息以待。在她身後，可以看見追捕奴隸的人正在步步逼近。伊麗莎將哈利抱在手中，慢慢站上不大穩固的冰塊，接著她跳上浮冰，並滑向另一塊搖搖晃晃的浮冰，這樣一步步小心翼翼地前進，她終於成功走到對岸，最後在加拿大獲得自由。

庫林二〇〇七年所寫的書《文學》。（©James Koehnline）

一八五二年，伊麗莎這段艱辛的逃跑過程以及謝碧農場另一位奴隸湯姆叔叔的故事，重新匯集成冊出版。除了《聖經》，這本書是十九世紀最暢銷的書籍。《湯姆叔叔的小屋》激化美國民眾的對立。藉著描寫奴隸制度的殘酷，激起北方主張廢奴者的同情。藉著把奴隸制刻畫成冷血者所領導的地獄制度，這本書有助於激發南方奴隸制捍衛者的情緒。書中的奴隸主人代表雷格瑞是個生性殘酷的怪物，拳頭就像「鐵匠的榔頭」，他在手下的奴隸面前揮著拳頭說：「我的拳頭跟鐵一樣堅硬，可以把黑鬼撂倒，我從來沒看過哪一個黑鬼捱我一拳還能站得住。」

南北戰爭期間，總統林肯在見到《湯姆叔叔的小屋》的作者斯托時講了一句名言：「原來……您就是那位寫出一本書而引發這場大戰的小婦人。」或許林肯講得過於奉承，不過歷史學者都同意《湯姆叔叔的小屋》「對美國文化產生了重大的衝擊（並且影響持續至今）」，它點燃民眾的熱情，導致美國歷史上最悲慘的戰爭，甚至還深深影響國際輿論，如歷史學家保羅．強森所說：「這本小說在英國的成功，有助於確保……即便是經濟利益落在美國南方的英國人也嚴持中立。」如果英國跳進來打仗，捍衛美國南方的奴隸制度，那歷史的結果將會大不相同。

除了「黎恩濟」和《湯姆叔叔的小屋》之外，世人相信還有許多例子證明故事能有系統地形塑個人與文化：格瑞菲斯一九一五年拍攝的史詩電影「一個國家的誕生」，讓沉寂已久的3K黨又活躍起來；一九七五年的電影「大白鯊」造成海邊度假聖地的經濟蕭條；希欽斯認為，狄更斯一八四三年所寫的《小氣財神》必須對「聖誕節這項恐怖的傳統」，負起很大的責任；《伊利亞得》讓亞歷山大大帝渴望不朽的榮耀，十八世紀小說家塞理查森曾問道：「如果沒有荷馬，亞歷山大大帝會這麼瘋狂嗎？」歌德一七七四年出版《少年維特的煩惱》，引發接二連三模仿自殺的風潮；還有喬治・歐威爾於一九四八年創作的《一九八四》以及柯斯勒在一九四〇年創作出版的《中午的黑暗》，這兩部小說砥礪了一代人起身對抗極權主義的夢魘；又如艾里森一九五二年出版的《看不見的人》、哈波李一九六〇年出版的《梅岡城故事》，以及艾利斯・哈利一九七六年的《根》，都改變了全世界的種族態度。

這串書單可以一直寫下去。但實際上它能證明的事相當有限，因為有趣的地方並不在於故事是否能

伊麗莎正準備跨過俄亥俄河。圖片為一八八一年《湯姆叔叔的小屋》改編為電影時的宣傳海報。（Library of Congress）

改變世人或影響歷史，而是這些改變是否可預測或有規則可循。懷疑論者可能對這份書單絲毫不感興趣地說：「軼聞無法成為科學。」

最近數十年以來，也就是電視興起這段時間，心理學已經正式針對故事對人類心理的影響進行研究。研究結果相當可靠一致：小說**確實能**形塑我們的心靈。故事不論是透過電影、書籍或者電動玩具來傳遞，都能引導我們對這個世界的認知，影響我們的道德邏輯，讓我們恐懼、充滿希望與焦慮，然後改變我們的行為，甚至是改變我們的人格。研究顯示故事不斷地用蠶食與揉捏的方式影響我們，不需要我們的確認或同意，就能形塑我們的心靈。我們陷入故事所施展的魔法愈深，影響就愈顯著。

大部分的人都相信自己能分辨幻想與現實，我們把那些從虛擬故事中所蒐集到的資訊，妥當地隔離在腦中所儲存的一般知識之外。但研究顯示事實並非都是如此，我們在同一個心靈櫃子中，將從虛構故事與現實兩個不同來源所蒐集而來的資訊混在一塊。在實驗室場景之中，虛構故事可能會誤導受測者相信奇怪的事情，例如刷牙對人有害，或者是在參觀精神病院時會被「傳染」精神病，或是青黴素對人類來說是場災難。

想一想：虛構故事或許已經竭盡所能地教會你世界上的各種事。如果沒有「CSI犯罪現場」或者「紐約重案組」此類電視節目，你如何真正了解警察工作的情況？如果沒有托爾斯泰與杜斯妥也夫斯基，我怎麼會知道沙皇時代的俄羅斯是什麼樣子？不只如此，如果沒沉迷於奧布萊恩的「怒海爭鋒系列」，我怎麼會知道英國海軍在拿破崙時代的生活？其他的例子在此就不用多說了。

透過故事所傳達的不只是靜態的資訊。托爾斯泰相信一名藝術家的工作就是用自己的理念與情感來「感染」觀眾，「感染力愈強，愈是藝術中的藝術」。托爾斯泰是對的，虛構故事中的情感與理念極具有傳染力，世人往往高估自己對故事的免疫力。

以恐懼來說，驚悚故事會讓人的心裡留下傷痕。心理學家肯特女士於二〇〇九年所作的研究中顯示，大部分的人都因為看了驚悚小說而在心裡留有創傷。研究對象中有百分之七十五指出，看完恐怖片之後，會有極度焦慮、思緒不連貫、失眠等問題。約有四分之一的人指出這種揮之不去的感覺會持續六年以上。但肯特女士研究中最有趣的一點是：她一開始並未特別針對電影進行研究，起初是要研究人對於大眾媒介的恐懼，包括電影新聞、雜誌文章、政治演說等。但是對肯特百分之九十一的受測者來說，帶給他們最深的創傷記憶是驚悚片，而不是真實世界裡頭的夢魘，像是九一一恐怖攻擊或者盧安達種族屠殺這類的恐怖事件。

小說中的情感極具傳染力，裡頭的觀點也是如此。如同心理學家瑪爾所言：「研究者一再發現，讀者的態度愈來愈趨近小說敘事中所表達的觀點。」事實上，小說比非小說更能改變人的信念，而非小說的意圖是用論點與證據來說服他人。舉例來說，如果我們看的電視節目對性關係的描述偏頗了，那我們自己的性愛道德觀也會改變。我們對於婚前性行為會抱持更批判的態度，也會對其他人的性選擇指指點點。然而，如果電視節目描寫的是性關係正向的一面，那我們對性的態度也會朝向光譜較寬容的那一端。這些效果在我們看過一部黃金時段的電視影集之後，都會顯現出來。

對性的態度如此，對暴力也是一樣。過去四十多年，有數百項研究是以媒體中的暴力對人類行為的影響為主題。這類研究充滿爭議，但似乎都證明看了許多虛構的暴力故事確實會帶來後遺症。受測者看完一段暴力的電視節目之後，不論是成人和小孩在實驗室裡的行為都變得較具攻擊性。長期的研究也指出，小時候讀愈多暴力小說，在現實世界愈有可能出現暴力行為。（反過來說也是對的：如果閱讀愈多以融入社會為主題的小說，在實驗室裡的表現就愈傾向於與人合作。）

虛構故事所形塑的不只是人對於性與暴力大致的態度。正如上一章所說，研究顯示人所閱讀的虛構故事，將形塑他們最深的道德信仰與價值觀。舉例來說，小說對於不同種族的刻畫，將影響我們如何看待外族。白人觀眾如果看的是非裔家庭正面積極的生活，如「天才老爹」，他們通常會對非裔更友善。反之，如果白人看過充滿暴力的「硬蕊饒舌」音樂錄影帶之後，通常會對非裔有負面看法。

這到底是怎麼一回事？我們為什麼會被說故事的人玩弄於股掌之間？有一個可能，借用毛姆的話來說，小說的作者將訊息的藥粉，加進說故事者的糖漿。大家大口喝下糖漿，根本不會注意到裡頭所摻雜的粉末（不論作者想傳達的訊息為何）。

對此心理學家格林與布洛克提出一個解釋。他們認為進入虛構世界，「大大改變資

契訶夫（一八六〇～一九〇四）。故事會改變我們的信念，甚至是我們的性格。在一項研究中，心理學家讓受測者在閱讀契訶夫的經典短篇故事〈帶小狗的女士〉之前與閱讀之後，分別做些性格測試。不同於控制組那些非小說的讀者，小說讀者在看完故事之後，性格上會產生顯著的變化，或許是因為故事迫使我們進入故事角色的心靈，軟化與弄亂我們對自己的感受。性格的改變可能「不大」，而且可能是暫時的，但研究者提出一個有趣的問題：每次讀一點點小說，看了許多之後，最終會累積起來造成性格大變嗎？（出自*Plays*, Anton Tchekoff, Charles Scribner, 1912）

訊處理的方式」。格林與布洛克的研究顯示，讀者陷得愈深，故事對他們的影響就愈大。陷入小說愈深的讀者比起陷入不那麼深的，信念往往會變得更為與「故事一致」。著迷的讀者比起沒那麼著迷的，顯然也比較看不出故事裡不正確、不適當的「錯誤」。我並不是指那些深深著迷的讀者在發現自己的錯誤之後絲毫不以為意（就像我們看一部歡樂的傻瓜動作片），而是這些讀者打從一開始就未察覺任何不當。

此外，故事刻畫力的影響範圍與影響力，還有許多等待挖掘。我們閱讀非小說，會帶著一顆防備的心。我們會充滿批判且保持存疑的態度。但是沉浸在故事裡，我們會卸下理性的盔甲，轉向感性，這似乎讓我們毫無招架之力。

故事刻畫力的範圍與強度尚有很多需要挖掘之處，目前大部分研究的依據都僅是極少量的故事。人可能會因為一篇短文或一段電視節目，就對於性、種族、階級、性別、暴力、道德倫理或任何事情產生不同的看法。

現在來推斷一下。人類不斷將自己沉浸在虛構的故事之中，而讓這些虛構故事形塑我們、改變我們。如果研究的結論正確，那虛構故事將是刻畫個人與社會的主要力量之一。這些紙上人（像黎恩濟或湯姆叔叔）所留下的軼事，穿越幻想與真實之間的分野進而改變歷史，令人印象深刻的例子算是少數。但更引人注意的是，故事無時無刻作用在我們身上，重新形塑我們，這影響雖然比較不明顯且無法立即可見，但它的力量就像流動的河水，緩慢漸進地重新雕刻著石頭。

大屠殺，一九三三年

希特勒的例子清楚說明故事可以形塑個人與歷史，雖然有時帶來的是一場災難。希特勒所深愛的歌劇並未讓他變成一個更好的人，故事並未使得他更有人性，也並未軟化他或是讓他的道德同理心超越自己的族人，延伸至外人。一切都正好相反，希特勒之所以造成世界陷入一場奪走六千萬條人命的戰爭，儘管不能完全歸咎於他對藝術的熱愛，但至少也有部分源自於此。

希特勒透過藝術統治，並且**為了**藝術而統治。在《希特勒與美學的力量》這本書中，作者史鮑特提到希特勒的終極目標不在於軍事或政治，而是所謂的藝術。在納粹帝國裡，藝術處於至高無上的地位。史鮑特批評某些歷史學家，因為他們認為希特勒投身於藝術是虛偽、膚淺，或者嚴格來說是為了宣傳。對於史鮑特來說：「希特勒對於藝術的興趣和他對種族主義的興趣一樣強烈，漠視或特別強調其中任何一種，對理解希特勒都是很深的曲解。」

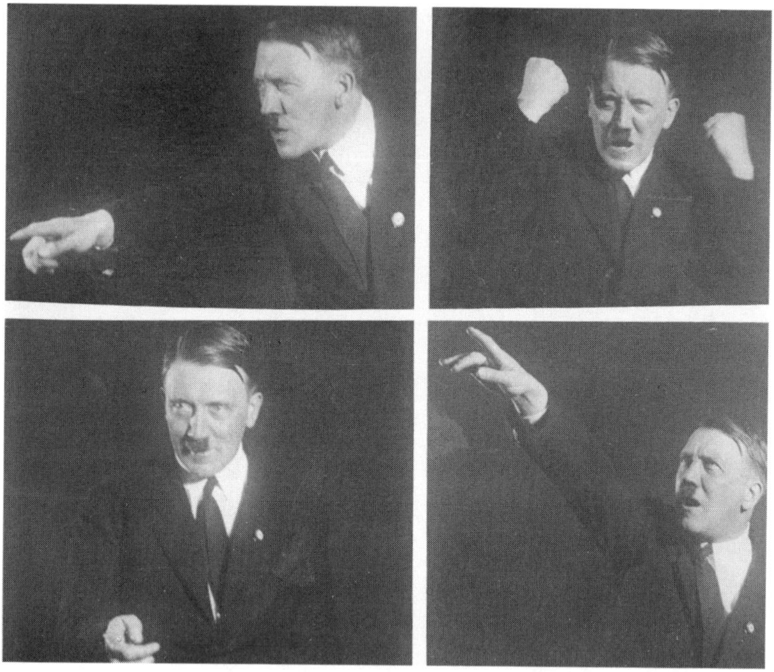

希特勒正在練習演說所用的誇張姿勢。希特勒一度稱自己是「歐洲最偉大的演員」，史鮑特同意此種說法，他認為希特勒對公眾表演的掌握有助於增加他的魅力，以及動員德國人民。歌手大衛鮑伊看完十五遍納粹宣傳電影「意志的勝利」（一九三五）之後說：「希特勒是最頂尖的搖滾巨星之一。他不是政治人物，而是一位偉大的媒體藝術家。看他如何鼓動觀眾！他讓女人狂熱汗如雨下，使得男人都希望他們能成為台上的希特勒。這個世界將不會再出現這樣的事，他讓整個國家變成一場舞台秀。」（Deutsches Bundesarchiv）

一九三三年五月十日夜晚，德國的納粹沉醉在焚書的狂喜之中。他們焚燒猶太人、現代主義者、社會主義者所寫的書，也燒掉「藝術布爾什維克」以及被視為「無日耳曼精神」的作家所寫的書。他們用火來淨化德國的文字。在柏林，成千上萬本書聚集在火光之下，聆聽宣傳部長戈培爾呼喊：「不能有墮落與道德腐敗！……不論在家庭與國家，行為舉止要正派符合道德！我把作家亨利希．曼、布萊希特、音樂家格拉瑟還有凱斯特納的作品交付給火焰。」還有傑克．倫敦、德萊賽、海明威、湯瑪斯．曼以及其他許多作家書中的小孩也跟著一起逝去。

納粹黨人深受華格納的歌劇所啟發，他們理解故事裡的紙上人是世界上最有影響力且最危險的人物。因此他們對這些他們不想要的紙上人進行大屠殺，以便對真正的人類進行大屠殺時能減少一點阻礙。

德國猶太作家海涅一八二一年創作的劇本《阿爾曼首爾》也在一九三三年那一夜所焚燒的書籍之列，劇本裡有一段著名而且帶有預言性的文字：「焚書的地方，到頭來也會焚燒人。」

8 生命中的故事

你頭一次帶我上船時，我多大年紀？

五歲，那天我把一條活蹦亂跳的魚拖上船去，牠差一點把船撞得粉碎，你也差一點因此送命。還記得嗎？

我記得魚尾巴砰砰地拍打著，打斷了船上的座板，還有棍子打魚的聲音。我記得你把我朝船頭猛推，那兒擱著溼漉漉的釣索線，我感覺到整條船都在顫動，聽到你啪啪地用棍子打魚的聲音，就像在砍一棵樹，還記得我渾身上下聞起來都有一股帶甜的血腥味。

你真的記得這件事，還是我不久前剛跟你說過？

我每一件事情都記得一清二楚。

——海明威《老人與海》

大衛在三十一歲時又是酗酒又是嗑藥。他被炒魷魚的前一天是聖派翠克節，因此他用豪飲與吸毒來麻痺自己。隔天是大衛有生以來最糟糕的一天，他拖著身體到雜誌社上班，像行屍走肉一般，他只能偷吸一管藏在辦公室抽屜深處的毒品，讓自己的腦袋維持清醒。編輯把大衛叫進辦公室，對他說如果要保住工作就去勒戒所戒毒。大衛回說：「我還沒吸夠哩。」

大衛乖乖地把自己的桌子收乾淨，然後和死黨唐諾一起去泡酒吧。他們整天喝著威士忌烈酒和啤酒，一直喝到深夜。一杯酒和下一杯酒之間，或從這間酒吧換到另一間繼續喝的空檔，兩人就躲在廁所和小巷子裡哈草。有間夜店的保鏢用各種粗暴的方式阻止他們上門，然後這對朋友就在停車場大吵起來。唐諾覺得心裡受傷，一氣之下就回家了。大衛則到另一間酒吧繼續狂飲，並且對唐諾丟下他自己一個人感到相當憤怒。

大衛打電話到唐諾家，語帶威脅地說：「我要去你家！」

唐諾回他：「別來，我有槍！」

「別唬我。我現在就過去看看你是不是真的有槍！」

大衛已經記不得自己是走路或開車到唐諾家。但是當他抵達的時候，很快就對深鎖的大門感到不耐，於是他開始用腳踹門，用肩膀撞門。

唐諾把門打開，手上握著槍。他要大衛冷靜下來，不然就要報警了。大衛用肩膀撞開唐諾，搖搖晃晃走到廚房，還撞破一扇窗戶。大衛抓起廚房的電話拿到唐諾面前，手上的鮮血直流：「好啊！打啊……婊子！打啊！叫該死的警察來呀！」

大衛沒想到唐諾真的打電話報警。不到幾分鐘，一輛巡邏車就停在房子外。大衛從後門落荒而逃，連滾帶爬地回到自己位於八條街之外的公寓，當警察前去追捕時，他藏匿在灌木叢與昏暗的小巷子裡。回到公寓時，手上的血還在流，最後昏了過去。

二十年後，大衛．卡爾成為「紐約時報」的專欄作家，正寫著自己的回憶錄。開始動筆不久，他就去訪問了老友唐諾。大衛把自己腦海裡記得的生命中最糟糕的一天描述給唐諾聽，唐諾一邊聽一邊點頭微笑，完全正確，這和他所記得的一模一樣。不過，大衛提到槍的時候，唐諾皺起了眉頭。

唐諾說大衛所描述的一切都正確，除了一項細節稍有出入：拿槍的人是大衛。卡爾在回憶錄《槍下的夜晚》中寫道：「人對於自己可以怎麼熬過來的記憶，通常比他們實際活過的記憶還要清楚。」

回憶錄之中，卡爾並不單憑自己的記憶。他走出去，向外探求自己的生命。這麼做出於兩個理由：首先，卡爾有大半輩子泡在酒精和毒品中，因此意識模糊，他清楚自己的記憶經過加工。其次，當他在寫作這本回憶錄時，費瑞被揭發作假的回憶錄《百萬碎片》正鬧得沸沸揚揚，他知道讀者會質疑另一個戰勝毒癮的毒蟲在回憶錄中所寫的誇張細節。

費瑞在《百萬碎片》中寫下一個一生為非作歹的酒鬼、毒蟲，最終改邪歸正的故事。這本書讀來扣人心弦，也頗激勵人心。勵志的故事讓他登上歐普拉的脫口秀節目，也因此這本書得以大賣，賺了上百萬元的版稅。但《百萬碎片》扣人心弦的部分讓費瑞上了「證據確鑿網站」，成為「百萬碎騙」揭穿謊言所攻擊的對象。

費瑞書中「比虛構故事更離奇」的細節，事實上只是一般舊小說的情節。有些部分僅僅是加油添醋，舉例來說，第二次上「歐普拉脫口秀」，他說自己在勒戒所裡做根管治療的故事絕對千真萬確，除了拒絕打麻藥那個部分之外。至於其他細節，例如費瑞是好幾個州的通緝犯，則完全是自己編的。新聞專業評論員對此怒吼抗議，費瑞只好狼狽地回到節目，接受歐普拉在電視裡像儀式一般地解剖他，我們這些人則靠躺在椅背上欣賞這齣好戲。

可是，費瑞的虛構比起最近幾本回憶錄來說根本不算什麼。在《回憶錄的歷史》這本書裡，記者亞高達指出從有書本出版開始就有捏造的回憶錄，但過去四十年來可說是

「自傳詐欺的黃金年代。幾乎是一年爆發一件醜聞，有時候還不只如此。」舉例來說，一九九七年出版的《與狼共存》，描寫的是一個猶太小女孩米夏在納粹德國奇蹟生還的故事。她的冒險過程包括受困在華沙的猶太貧民窟，刺死一位想要玷汙她的納粹份子，赤腳徒步穿越歐洲，最後像吉卜林《叢林奇譚》筆下的毛克利一樣，被一群溫馴的狼撫養長大。這個故事裡頭沒有一處是真的，不只沒有好心的狼群，甚至連米夏都不是猶太人。

接著是我最喜歡的例子，二〇〇〇年出版的《夢裡血流成河》是美國原住民作家那斯地吉備受推崇的回憶錄三部曲之一，作者是胎兒酒精綜合症的受害者，不僅無家可歸，還到處受到囂張的白人所歧視。那斯地吉在其他作品中寫道：「我的文學傳承自阿薩巴斯卡人，腦海中浮現美國原住民傳奇故事《改變的女人》，我聽到樹、岩石、沙漠、烏鴉與風的對話。我是那瓦荷印地安人，和你緊密相連的歐洲大小事，對我來說是如此疏離遙遠。我對它們並不熟悉。我所知道的是仙人掌的詩詞、鼓之歌，還有雙胞胎男孩塔巴吉尼與納洋吉尼的舞蹈。」在那斯地吉的作品中類似的詞句根本不勝枚舉。

然而，實際上，那斯地吉居然是出身北卡羅來納州，寫過性虐待同性戀情色小說的白人作家巴魯斯。而另一本知名的美國原住民回憶錄，一九七六年出版的《少年小樹之歌》，則是由一位名叫卡特的白人所寫的作品，而他擔任過「3K黨初始聯邦」這個民兵組織的首領。

雖然這些例子特別極端，但大部分的回憶錄都充滿赤裸裸的謊言。翻開一本稀鬆平常的回憶錄，你將會看到某個人一生的故事。這些故事顯然是以清晰的故事手法講述，有完整的問題結構，好壞人涇渭分明。劇情轉折的熟悉程度令人起疑：主角先是沉淪，然後東山再起，幾乎像公式一般啟人疑竇。只不過充滿戲劇性、牽動人心的奇蹟，居然都如此湊巧地發生在回憶錄的作者身上。而且故事的主人翁竟然也都不可思議（應該說「令人難以置信」）地鉅細靡遺地回想起自己孩童時期的情境與對話。

有些評論認為，不只是那些明目張膽的謊言，大部分的回憶錄根本都應該被放在書店裡的小說櫃上。寫回憶錄的人不會說真實的故事：他們說的是「看起來像真的一樣」的故事。這就像一部電影將歷史事件戲劇化，所有回憶錄都應該有一份免責聲明：「這本書是**根據**真實故事改編。」

每次有新的回憶錄醜聞出現，我們就覺得被耍而火冒三丈。讀者抱怨作者背叛大家的高度信任，因此把作者打上騙子、說謊者、無恥之徒的標籤。然後大部分的人又趕快去買下一本扣人心弦，看起來貨真價實的回憶錄，有的是充滿苦難與奮鬥，有的是描寫性虐待、酗酒與性成癮。比如說，班特莉二〇〇四年出版的《臣服》或其他類似作品。

但是，在我們因為這些寫回憶錄的人說故事的方式，而向丟他們石頭之前，我們應該更仔細看看自己怎麼講自己的故事。我們用生命編織出故事，讓自己變成戲劇中高貴（雖然有缺點）的主角。生命的故事是「個人的神話」，談的是我們的內心深處，我們打哪來，我們是如何走到這個地步，以及這一切意味著什麼。我們生命的故事講的是我

卡特在田納西州柯林頓鎮嚴詞批判種族融合。卡特是個「激進的分裂主義者，前3K黨員，也是阿拉巴馬州州長華萊士演說詞的操刀者，並擅長操弄種族主義」。他那本美國原住民孩提時期不實的回憶錄，已經銷售超過兩百五十萬本。（Robert W. Kelley/ Getty Images）

們是誰，這些故事是我們的身分認同。然而，生命的故事並非客觀的陳述，生命故事是小心翼翼形塑出來的敘事，充滿刻意的遺忘以及有技巧地編織意義。

正如所有已經出版的回憶錄，我們自己的生命故事也應該附帶免責聲明：「我嘴裡所說的個人故事，都是根據事實改編。我自己的生命故事絕大部分是由自己所嚮往的事想像而成。」不過，這也是件好事，如下面所見，生命故事是實用的虛構故事。

「記憶，當然，永遠不等於真實。」

這起在科學實驗上的歷史事件，始於一八八九年法國小鎮南錫、由十六歲的瑪姬所描繪的一起駭人聽聞的犯罪案件。有一天，她在住處的走廊上閒晃，突然聽到像是家具發出的吱吱聲與巨大碰撞聲響，還夾帶著低沉的啜泣聲、嘟噥聲與呻吟。瑪姬停在一位老光棍房間門外，她左右張望，昏暗的走廊上空無一人。瑪姬彎下腰，眼睛貼近房間門上發出微光的鑰匙孔。一幅駭人的景象深深烙印在她的記憶之中：房裡的老男人正在強暴年輕的女孩，女孩雙眼瞪得很大，流出鮮血，東西塞住嘴巴，隱約有嗚咽哭喊聲。瑪姬緊握著雙手，逃離走廊回到自己的房間。

地方法官很仔細地聽，但對瑪姬的話存疑，他告訴她這個案子將不會轉交給警方。

瑪姬感到非常緊張，她跟法官說自己願意站在法庭上，「在上帝與眾人之前」發誓這個故事是真的。法官搖搖頭，他在瑪姬還沒走進這個房間時就已經打定主意了。

一九七七年，心理學家布朗與庫力克創造了「閃光燈記憶」這個詞，用來描述大家對於甘迺迪總統遇刺的完美記憶。大家對於聽到這件駭人聽聞的新聞事件時，自己在哪、做什麼、和誰在一起的情形，都記得一清二楚。後續針對「閃光燈記憶」所做的研究已經證明布朗與庫力克的說法對錯參半。我們真的能夠清楚記得自己生命中重要與創傷的時刻，但這些記憶的細節不可能完全可靠。

一九六三年十一月一群民眾在紐約城收音機店外頭等待收聽甘迺迪總統被刺殺的新聞。（Orlando Fernandez/ Library of Congress）

舉例來說，一九八六年一月「挑戰者號」太空梭爆炸隔天，研究人員問受訪者如何得知這場災難？聽到時的感覺如何？當時在做什麼？兩年半之後，研究人員再問同一群人同樣的問題。心理學家法蘭奇和他的同事歸納結論後說：「四分之一的受訪者，在兩份報告中沒有一點雷同，平均來說，後面這一次所問到的答案和初次詢問所得的答案相同之處不到二分之一，沒有一個人完全相同。更有趣的是在兩年半之後，大部分的人對於自己記憶的正確度還是深具信心。」

我們這個世代標誌性的閃光燈記憶是九一一恐怖攻擊，這場事件導致假記憶的研究暴增。研究顯示兩件事：一是世人極度肯定自己九一一的記憶，但有超過百分之七十的人記錯攻擊事件的關鍵之處。舉例來說，二〇〇一年九月十一日當天早上，你還記得自己看到第一架飛機撞上世貿中心的連續畫面嗎？小布希總統就記得。二〇〇一年十二月四日，布希描述當時獲悉這場攻擊的情況：

> 我那時人在佛羅里達，和幕僚長卡得在一起，事實上，我正要進入一間教室討論一項有效的閱讀計畫。我坐在教室外等待進場時，看見電視畫面中有一架飛機撞上大廈。我過去會開飛機，因此我自言自語地說：「那一定是個很糟的駕駛。」我

還說：「這一定是場可怕的意外。」但我很快就把這件事擱下，因為我沒有太多時間思考這件事，我人正坐在教室裡頭。然後原本坐在外面的幕僚長卡得走進來對我說：「第二架飛機撞上大廈，美國正遭受攻擊。」

對於九一一真相運動的陰謀論者來說，布希的聲明就是確切的證據。當天早上，根本沒有第一架飛機撞上大廈的連續畫面。然而，在真相運動者的眼中，布希肯定看過那些真正摧毀大廈的政府工作人員所拍攝的影片。「自由世界聯盟網站」大叫：「布希失言讓九一一的整場陰謀露餡。」

但是，不只是布希記錯自己在九一一當天看到第一架飛機撞上大廈。有項研究指出，百分之七十三的受測者都深信自己在九月十一日當天早上，曾親眼目睹第一架飛機撞上世貿中心的北棟大樓，並因此嚇了一大跳。

同樣地，根據心理學家歐斯特的研究，許多英國人都記得自己曾經目睹奪走黛安娜王妃性命的那場巴黎車禍的連續鏡頭，但事實上這畫面根本就不存在。而且有四成英國人記得自己看到二〇〇五年七月七日倫敦連續爆炸攻擊的駭人景象，但這些畫面也不存在。簡單來說，閃光燈記憶的研究顯示，即使是我們腦海中最有把握的記憶，有些根本是憑空捏造出來的。

讓我們回到瑪姬的故事。當她舉報這起強暴案件時，心生懷疑的地方法官並未帶她到警察局報案，而是要她先去一趟精神科醫師伯恩海姆的辦公室，彷彿是伯恩海姆要求他這樣做的。在法官的見證下，伯恩海姆讓瑪姬躺在病人的躺椅上，複述整起可怕的故事。伯恩海姆問了瑪姬幾個問題：妳確定妳所看到的一切？妳確定這不是妳想像出來的或者只是幻覺？當瑪姬對這些問題的答案都很肯定時，伯恩海姆早就準備好另一個問題：瑪姬是否確定伯恩海姆並未在她的腦中植入一個虛假的強暴記憶？

瑪姬是伯恩海姆的病患，用他的話來說，她是個「聰明的女性」，為了賺錢而去當製鞋匠。伯恩海姆本來是要治療瑪姬的夢遊與精神症狀，但他隨即開始對她進行實驗，想要看看自己是否能夠創造出「逆向幻覺」，也就是一種自欺欺人的記憶，讓瑪姬無法分辨這些記憶與現實生活中的差異。伯恩海姆從小處著手，例如他讓瑪姬相信在他們的某次諮詢過程中，她突然感到劇烈的腹痛，必須不斷跑廁所。他也讓瑪姬相信她最近曾用力撞到鼻子，從鼻子噴出的鮮血就像水龍頭流出的水那麼多。

伯恩相當滿意自己能夠移植一般的記憶，於是想進一步挑戰自己。這次行動還可能讓伯恩海姆躋身瘋狂科學家的名人堂，這位精神科醫師決定在瑪姬的腦海中烙印一樁可怕的強暴兒童記憶。即使在事後，伯恩海姆告訴瑪姬這個記憶是假的，她仍然不相信。瑪姬對於這起犯罪事件的記憶如此鮮明，對她來說，這是「鐵證如山」。

伯恩海姆使用催眠在瑪姬的腦海中植入記憶，他的作法受到許多質疑。記憶一直被視為是可靠的系統，記憶就是事實。

接下來是「性愛大恐慌的一九九〇」年代來臨。整個國家、每一位心理醫生、所有的催眠治療師以及其他治療師，都試圖「恢復」成人受測者在兒時遭到虐待所壓抑的記憶。但許多人認為這些治療師只是隨隨便便創造錯誤的記憶，而非挖掘出真正的記憶。對恢復記憶的治療有所質疑的人來說，伯恩海姆的技巧與那些現代治療師之間的主要差異，就是伯恩海姆還知道自己在做什麼，而大部分的現代治療師並不清楚。

伯恩海姆（一八四〇～一九一九）。（BIU Sante, Paris）

心理學家在一片爭議聲中，開始用科學的方法來解決問題，就像駭客攻擊電腦一樣，探究記憶系統尋找弱點。他們發現記憶不可靠的程度遠超過任何人原本的想像。

羅塔思和同事在一項經典實驗中，以大學生的兒童時期作為資訊來源蒐集資料。接著，心理學家把學生帶到實驗室，要他們列出生命中確實發生過的事。這份表單就是陷阱「特洛伊木馬」，藏了一個謊言：心理學家跟他們說，學生五歲時在一間賣場裡走失找不到爸媽，學生的爸媽因而驚慌失措，他自己也是，最後是由一位老人將他帶回父母身邊。起初，學生對這段虛構的事件毫無記憶。但是當他們被帶到實驗室，問到這件在賣場所發生的事，百分之二十五的學生說自己記得。這些學生不只回想起研究人員所提供的事件描述，還自己添加許多鉅細靡遺的細節。

這項研究帶動往後許許多多類似的研究，顯示記憶系統驚人的脆弱性，輕易就會受到旁人的暗示所干擾。在實驗室情境中，心理學家能夠植入各種鮮明記憶，像是兒時在迪士尼樂園遇到賓尼兔（即使賓尼兔並不是迪士尼的卡通人物），在婚禮上閒逛把一整盆雞尾酒灑在新娘父母身上，搭乘熱氣球，被狗或其他小孩攻擊而送到醫院，或者看到一架貨機衝進荷蘭的公寓大廈裡頭。

這些研究令人感到深深的不安。如果我們不能信任自己對生命大事的記憶，包括九一一事件、性虐待、被狗攻擊後送醫等等，那我們要怎麼信任那些芝麻綠豆般的瑣事呢？我們要怎麼相信腦中的任何一件事呢？特別是我們對自己錯誤的記憶，也就是我們的「逆向幻覺」還自信滿滿，彷彿我們真的經歷過這些事。

我非常肯定，就算沒有心理學家的干涉，一般的記憶依然常常讓我們搞錯。這不只是貴人多忘事，而是我們腦中記得的事根本就不正確，有時候更是錯得離譜。舉例來說，有項研究訪問那些剛從中學畢業的人，並且隔了數十年之後再訪問他們一次。第一次訪問裡，百分之三十三的人回答自己在中學裡曾經受過體罰。然而三十年之後同一批人再接受訪問，有百分之九十的人說自己經歷過這類的處罰。換句話說，有將近百分之六十的人捏造這看似真實的記憶，說校方對他們施以體罰。

研究記憶的專家警告，不應該把這些結果過度引申。他們指出記憶對於保存生命的基本輪廓，顯然做得非常好。我的本名是哥德夏，我真的讀過普拉特斯堡中學，也真的是由馬祺雅與勇恩撫養長大。一九八〇年代的某一天，當我的弟弟羅伯特傻傻地在冰箱裡找豆子與起司做的墨西哥捲餅時，我真的拿東西丟他的後腦勺（我有嗎？沒錯！我確實幹了這件事。羅伯特也確定真有此事，但他記得自己要找的是果餡奶酪捲）。但這些研究顯示我們的記憶並不是我們所想的那樣。大部分人都相信，我們的記憶塞滿可靠的資訊，有需要的時候可以隨時取用。但並非如此簡單。就像二〇〇〇年的電影「記憶拼圖」中患有失憶症的主角，我們所經歷的生命，都烙印著一些不可磨滅的記憶，但實際的情況卻不是我們所記得的樣子。

小時候生日那天撞壞自己新腳踏車的記憶，可能和其他意外或生日的記憶糾結在一起。當我們憶起過往，並不是用「八歲、腳踏車意外」這樣的指令取得檔案，記憶的碎片散布在大腦之中。我所見、所聽、所吃、所聞的記憶都儲存在不同的地方。回想腳踏車意外，我們沒有一整排的錄影帶，我們是從大腦中各處回想資料的片段，然後把這些資料送往會說故事的心靈，也就是我們心中那位會講故事的小福爾摩斯，他將這些零散片段縫合拼貼，將過去所發生的事再現成為一篇前後連貫且有說服力的故事，進行即席創作。

換句話說，過去和未來一樣，或許根本就不存在，都是我們腦中所創造出來的幻覺。未來是我們在腦中的隨機模擬，目的是幫助我們塑造出自己想要生活的世界。過去和未來不同，它確實發生過。但過去在我們腦中再現時，也是一種心理上的模擬。我們的記憶並不是準確地記錄實際發生的一切，而是重建那些曾經發生過的事，有許多細節，不管大小，都是不可靠的。

記憶並不是完全憑空捏造，記憶只是將過去小說化。

個人史詩中的英雄

看到記憶如此不可靠、常有遺漏與憑空捏造，因此有些研究人員得出結論說記憶只是無法完美運作。但是，根據心理學家布魯納的觀察，記憶「除了滿足真相之外，還要滿足各種不同的目的」。如果記憶的目的是針對過去提出一幅和照片一樣完美如實的紀錄，那記憶完全不合格。但如果記憶的目的是讓我們能夠過更好的生活，那記憶的可塑性可能真正有用。記憶出錯有可能是精心設計的結果。

如心理學家塔夫利與艾隆森所說，記憶是個「不可靠、自我中心的歷史學家……記憶通常是依照自我強化的偏見而刪減與塑造，會攪亂過去事件的輪廓，赦免過失與罪責，扭曲真正發生的事。」換句話說，我們把過去記錯，如此一來能讓我們在自己的生命故事中，保有主角的身分。

即使是個真正令人害怕的人，也往往不知道自己是公敵。舉例來說，希特勒覺得自己是一個能剷奸除惡，打造人間千年樂土的英勇騎士。史蒂芬金在《戰慄遊戲》這部小說中所描寫的壞人，也可以套在真正的壞人身上：「《戰慄遊戲》中軟禁薛頓的護士安妮，在我們看來可能有點心理變態，但很重要的一點是，她在自己眼中似乎是個意識完全清楚而且知情達理的人，事實上，她相當英勇，面對周圍的威脅，試圖在一個鼠輩橫行充滿敵意的世界裡求生。」研究顯示，當一般人做錯事情時，例如不遵守承諾、殺人，他們通常會把這些藏到敘述之中，否認犯行或至少是降低自己的罪惡感。人類生命中充滿了自我脫罪的傾向，因此心理學家平克說這是「偉大的虛偽」。

想要把自己塑造成個人史詩中奮鬥不懈的英雄，才會扭曲了

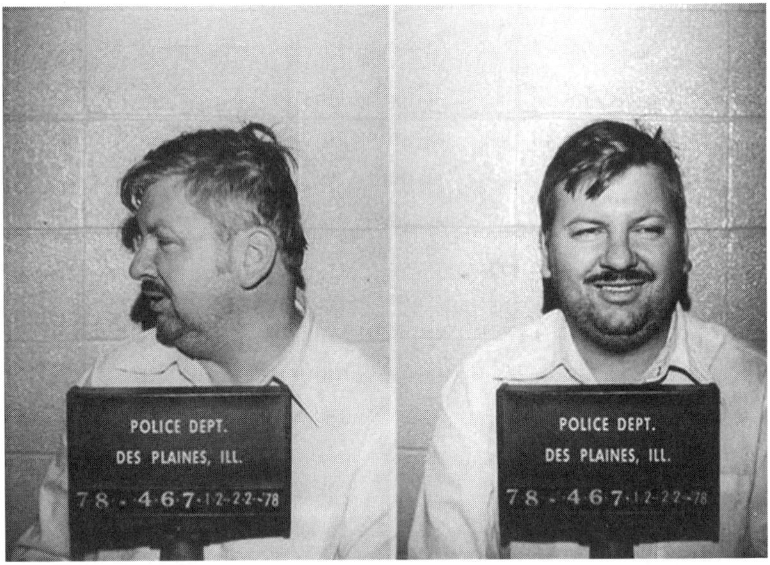

一九七〇年代強暴與謀殺三十三位男孩的犯人蓋西說：「我認為自己是犧牲者而不是加害者，我從童年時期開始就被騙了。」他抱怨新聞媒體把他當作壞蛋，他就像個「混蛋與替死鬼」。（smokinggun.com）

我們的自我意識。畢竟，要當上真正的主角並不容易。小說中的主角往往年輕有為、風流倜儻、智勇雙全，而我們大部分的人都不具備這些要素。小說中的主角通常過得多采多姿，充滿激烈的衝突與精采的戲劇轉折，但我們並非如此。一般的美國人都是做些零售工作或是坐在標準的辦公座位裡，到了晚上則多半坐在家裡看電視中的主角做有趣的事，還一邊吃著外表裹了一層起司醬的豬皮。

只不過，我們或多或少都希望自己更像小說中的英雄，而這代表要迷惑自己，扭曲「我是誰」的想像，以及我如何變成現在這個樣子。你是否曾經因為看了自己的照片，發現想像中的自己與照片中那個腦滿腸肥、肌肉鬆垮、滿臉皺紋或皮包骨的人有很大的落差，而深受打擊呢？

許多人似乎無法了解，為什麼自己在照片裡頭比在鏡子中看起來更沒有魅力。有部分原因可能是照片失真，但主要原因是我們在鏡子前會無意識地調整姿勢，像是收起雙下巴，提高眉毛讓皺紋少一點和眼袋小一點，直到鏡中出現我們最滿意的狀態為止。我們在鏡中調整自己，直到鏡子說出迎合己意的謊言。這個譬喻清楚說明我們無時無刻都在做的事：建立一個超乎真實的自我形象。

普通人被要求自我介紹的時候，他們會列出許多正面特質，就算提到負面特質，也會讓它顯得微不足道。舉例來說，季洛維奇的書《我們如何了解事物並非如此？》提到，針對一百萬個中學高年級學生的調查指出：「有七成的人認為自己的領導能力超過平均值，只有百分之二的人認為自己低於平均。如果是和其他人相處的能力，幾乎所有學生都認為自己在平均值之上，六成的人認為自己在前百分之十，有兩成五的人認為自己在前百分之一！這些自我評估顯然和事實相距甚遠：四分之一的學生要擠進前百分之一根本就不可能。」

我們不能把過度美化自己的責任，推給年輕人桀驁不馴的性格，我們大家都是如此。舉例來說，有高達九成的人認為自己的駕駛技術超過一般人的平均水準，有百分之九十四的大學教授認為自己的成就高於平均之上（我很驚訝數字這麼低）。大學生一般都相信自己比同儕更有可能以班上前幾名的成績畢業，獲得一份高薪的工作，然後樂在其中、獲得獎勵，並且能生下天才兒童。大學生也相信自己不像其他人那樣有可能被炒魷魚、離婚、犯罪、罹患癌症、憂鬱症或是心臟病。

心理學家稱這種現象為「烏比岡湖效應」：談到任何優點時，我們都認為自己在平均之上，甚至高估自己對烏比岡湖效應的免疫力。大部分的人都認為自己有自知之明，所謂的烏比岡湖效應只適用於其他人，而不是自己。（老實說，你有想過自己也是這樣嗎？）即使我們願意承認自己在某方面很遜，也會否定這項特質：不擅於運動？沒關係啦，運動不重要。那什麼是重要的呢？我們擅長的項目才是重要。即使大部分的人樂於承認自己不是具有明星風采的天才，但很少有人會承認自己的聰明才智、人際關係或魅力真的低於一般水平（雖然實際上有一半的人的確如此）。

這並不是因為我們是高度的樂觀主義者，而是因為我們眼中的自己往往比其他人具有更多優點，即使描述自己的朋友也是如此。我們都是主角，其他人只不過是我們個人劇場中的配角。正如年輕時我們都會覺得自己讓人印象深刻，漸漸年長後還認為自己給人的印象愈來愈好。對於這些理由，心理學家范恩將這種自覺稱為「鬧劇」或「自我感覺良好的小說」。

自我膨脹的現象從年紀很小時就出現了，並且帶有報復的意味。小孩會把自己主要的特質放大，我的小女兒安娜在她三歲的那個夏天，就讓我們了解了此事。她相信自己的速度快得嚇人，有多快？比她老爸快，當然也比她姊姊快。

我們三個人經常比賽，從後院角落裡的花園，跑步到另外一個角落的遊戲場。安娜總是排在第二，我會在接近終點線時故意假裝搖搖晃晃，這時她會衝上前超越我。但六歲長腿的艾碧從來不會演戲。艾碧把瘦小的妹妹遠遠拋在腦後，但不論安娜遇到多少挫敗，從來不會動搖她對自己驚人速度的信心。

那個夏天，或許是第十次敗下陣來之後，我問安娜：「誰比較快？妳或者艾碧？」她的回答就和她每次慘敗之後的回答一樣，充滿著驕傲和自信：「我比較快！」我接著問：「安娜，誰比較快？妳還是印度豹？」安娜從動物星球頻道知道印度豹的速度快得嚇人。但她知道她的速度也快得嚇人，可是她的回答就不敢那麼有自信：「我嗎？」

有憂鬱症的人就不同，他們已經失去正面的想像能力，他們對於個人特質的評價，比一般人還要合理。他們清清楚楚地看見自己並不特別。根據心理學家泰勒的說法，健康的心靈會講些自我感覺良好的謊言，如果不對自己說謊就不算健康。為什麼呢？這就像哲學家賀斯坦說的，正面積極的想像讓我們免於絕望：

真相令人沮喪。我們都將離開世間，大部分是因為生病；我們的朋友也都會死去；我們是在一顆微小的星球上一個不起眼的小點。也許隨著見識更廣與遠見所需，我們必須……自欺欺人來遠離沮喪以及沮喪所帶來委靡不振的結果。因此，我們需要徹底否定自己在宇宙中的限制及微不足道。我們需要某種程度的厚顏無恥，才能在每個清晨從床上甦醒過來。

有趣的是，即使在這個百憂解與樂復得充斥的時代，治療憂鬱症最常見的方式之一還是和心理治療師對談。根據心理學家克蘿莉的說法，憂鬱症通常是從「邏輯錯亂的故事」、「嘴巴裡那個不是自己的自己」或「出了差錯的生命故事」中產生。心理治療師幫助不快樂的人重新建立自己的生命故事，講白了就是賦予他們一個賴以維生的故事，而這果然有效。「美國心理學家」期刊最近有一篇文章回顧了許多文獻，實驗與對照的科學研究顯示，說話治療和更新穎的治療方式，例如抗抑鬱藥物或者是認知行為療法所發揮的效果一樣（甚至更好）。因此，心理治療師可以被視為寫劇本的醫生，幫助病人重建自己的生命故事，以便讓他們能再次扮演主角，當然主角要吃苦也有缺陷，但主角總是能迎向光明。

這些研究都顯示我們是自己說故事心靈的偉大傑作，是我們想像力的創造物。我們自認相當穩定且真實，但記憶對於創造自我的限制，遠低於我們所想像。記憶不斷受到我們的希望與夢想所扭曲，直到我們死去的那天，我們仍然活在我們生命的故事之中。這就像是一部創作中的小說，生命的故事永遠不斷地改變與演變、被不可靠的敘事者編輯、重寫與修改。我們基本上就是自己的個人故事創作者，然而這些故事比真實更加真實。

故事的未來

人類是夢幻島上的生物。夢幻島是我們演化的起點，人類獨有的棲息之處。我們被吸引到夢幻島，因為總的來看這對我們有益。它能滋養想像力，強化道德行為，給我們一個安全無虞的地方預作練習。故事是人類社交生活的黏著劑，畫定團體界線並讓人團結一致。我們生活在夢幻島，因為我們沒有辦法**不生活**在夢幻島。夢幻島是我們的天性，我們是說故事的動物。

人會作夢與幻想，我們現在的小孩和以前的小孩一樣，活蹦亂跳，全身充滿演戲的細胞。我們生來就是如此，但有許多人擔心虛構的故事不再是我們生命的主體，擔心我們的文化可能會拋棄夢幻島。小說是年輕的文體，但過去一個世紀以來，評論家不斷宣告小說已死。就算科技變遷沒讓小說滅亡，文化的注意力不足也可能消滅小說。舞台劇與詩歌更糟。劇場愈來愈需要為了生計而奮鬥，詩人交相指責是誰扼殺了詩歌。大學裡的文學系所也遭遇到很大的麻煩。過去幾十年來，英文系已大量失血，整個文學領域陷入巨大而且可能是永久性的衰退之中，有三分之二的博士無法找到全職工作或終身教職。

不只是大家所憂心的「高等」虛構形式如此，「次等」的虛構形式也一樣辛苦掙扎。許多人哀悼廉價、充滿陰暗面的「實境秀」已經取代精心設計的電視節目。電玩遊戲以及其他數位娛樂也日益興盛，吸引觀眾遠離傳統的故事節目。遊戲產業的規模目前已經遠大於書籍產業，甚至比電影產業更大。二〇一〇年，「決戰時刻」上市不到一天就賺了三億六千萬美元，勝過電影「阿凡達」的獲利。

這些趨勢難道不足以顯示小說已經奄奄一息？謝茲的想法正是如此，在《渴望真實》這本書中，謝茲大力擁抱此論點，宣稱所有傳統小說的形式都已耗竭、消磨殆盡與枯萎。謝茲之前是一位小說家，而他已經對舊愛感到厭倦，希望加速讓這個過程走完：「我漸漸地……看輕小說，從文化本身的意義來看，小說從來不曾如此微不足道。」

謝茲過於誇大。以小說為例，關於小說消失的謠言已經愈來愈誇張，幾乎到了荒謬的地步。或許，文壇人士樂於受虐，沉浸在一種自己活在小說末日的想像之中。但世界各地每年仍有成千上萬本新的小說出版，而整體的數量是在上升而非下降。光是美國，每小時都有一本新的小說出版。有些小說不但大為暢銷，還改拍成電影，將其影響力擴及其他文化領域。

何時有小說能像史蒂芬妮·梅爾的《暮光之城》或羅琳的《哈利波特》那樣掀起這麼多青少年與成人的熱情（這些書的篇幅都是《戰爭與和平》的兩倍以上）？黎曦庭與曾健時的「末世小說系列」賣出六千五百萬本，而上一次能掀起這麼大文化波濤的小說是哪一本？過去的作者何年何月才能超越約翰・葛理遜、丹・布朗、克蘭西、諾拉・羅伯特、史蒂芬金或者拉森，把更多書賣給更多死忠的讀者？何時才會出現比羅曼史更受歡迎的文體，每年輕鬆賣出十億美元？何時才能有個小說家能像羅琳那樣吹噓自己帳戶的存款有多少呢？

文學小說目前正處於困頓時期，但哪一個時代的小說**沒有**低潮？如果小說作者只以知識份子為目標讀者，就不應該抱怨自己的讀者只有這些。過去十年來，許多文學小說仍然有大量的讀者群，包括麥克伊旺的《贖罪》、馬泰爾的《少年PI的奇幻漂

漏夜排隊之後，大批讀者湧進加州一家書店搶購《哈利波特與死神的聖物》。
（Zack Sheppard）

流》、鍾芭·拉希莉的《同名之人》、胡賽尼的《追風箏的小孩》、法蘭森的《自由》（這本書讓他成為「時代雜誌」封面人物），以及麥卡錫的《長路》，我想這些就是世人希望聽到的好故事。

因此，每當聽到有人說小說已死，背後的意思是：「我不喜歡這些充斥在排行榜上的每一本暢銷小說，所以它們都不算數。」

可是如果小說真的消失或者萎縮到不具任何文化影響力了呢？這是故事消失的訊號嗎？小說的消失，對於像我這樣文人來說，實在令人感傷。但正如謝茲自己所強調，這不可能是**故事**的末日。小說並非永恆的文學形式。小說過去有祖先，它成為一股主導力量是十八世紀才發生的事。小說出現之前，我們就已經是故事的生物，如果目光短淺或科技進步讓小說顯得過時衰退，那我們仍然是故事的生物。故事會進化，就像生物有機體一樣，會持續適應時代環境的要求。

那詩又如何？我的朋友安德魯是個才華洋溢的詩人。有時候我們會碰面一起喝幾杯，他會感嘆這個時代詩的地位正在衰退，他說詩人曾經像搖滾歌手一樣受歡迎。不論在酒吧、公園或自己的客廳，拜倫每次轉身必定有女性的內褲掛在他身上。不過我提醒他，詩人仍然是明星，還是有人把內衣拋給他們。世人依然喜歡那些從詩人口講出簡短又緊湊的故事。事實上，大家比以前更喜愛詩人，只要這些小故事配上和諧的旋律、樂器伴奏，以及歌手充滿情感的聲音。

我們這個年代不是詩人已死的年代，而是詩人用歌曲形式獲得勝利的年代。這是「美國偶像」時代，大家將自己喜愛的幾千首詩儲存在一台小小白色長方形的盒子裡，然後塞進自己的褲袋。這是一個大部分人打從心底都聽過上百首詩歌的時代。

我的女兒艾碧正在客廳跳舞，手上拿著一支木湯匙，一邊甩著頭髮扭著屁股，嘴裡還隨著泰勒絲的新專輯哼唱。當專輯播到一個她不熟悉的長音，艾碧還是跟著唱。她把耳朵湊近喇叭，專心聽著歌詞中現代羅蜜歐與朱麗葉的故事。她的妹妹穿著公主禮服、戴著皇冠瘋狂起舞，嘴巴在木湯匙前動來動去，假裝她也會唱這些歌詞。

雖然我的女兒生活在現代這個特定的時空之中。但發生在我家客廳裡的一切，從古至今不斷重演。從有人類以來，他們就會沉浸在樂曲的節拍、旋律與故事情節之中。

凡是恐懼某事物的消逝，必然同時也會對另一事物的興起感到恐慌，電玩就是最好的例子。然而電玩代表的是遠離故事，或者只是故事演化的另一個階段？從我小時候所玩的第一批電玩開始，像是「爆破衛星」、「小精靈」與「太空侵略者」，到現代的遊戲已經有了巨大改變。目前大部分熱門的電玩都是以緊湊的故事為核心。玩家扮演虛擬主角，在遊戲中選擇一個化身或者是「迷你的自己」，在一個豐富的數位夢幻島中移動穿梭。拿起一本「電腦玩家」雜誌，你將會發現除了運動類遊戲之外，大部分的電玩都是圍繞著類似的問題結構公式與因果報應。針對的都是雄性賀爾蒙過盛的年輕男性，這些遊戲通常是駭人聽聞但英勇暴力的敘事。這類遊戲不會把玩家帶出故事之外，他們會沉浸在一個幻想的世界中，故事中他們會成為動作片裡頑強的英雄。

電玩情節就像一般的動作

耶魯大學出版社在二〇一〇年出版了一本《饒舌歌曲的選集》，這本書有九百頁，蒐集許多饒舌歌曲的歌詞，這顯示學者已經開始嚴肅看待嘻哈樂曲，把它視為一種詩的藝術。英語系教授布萊德利在《韻律之書：嘻哈音樂的詩意》指出，饒舌音樂是「有史以來散布最廣的詩……最佳的樂手，如Rakim、Jay-Z（上圖）、吐派克等等，都算得上是美國詩的創作巨匠」。（Neal Whitehouse Piper）

片，劇情通常很簡單（男人、槍、女人）。但我們是站在某些意義更豐富的事情上，正如小說家兼評論家畢塞在他的書《多出的人生》所強調的，我們目睹一種嶄新的說故事形式誕生，從中可以發現並提煉過去所留下來的傳統。野心勃勃的設計者試著以音樂、視覺與敘事藝術的力量增加遊戲的吸引力。舉例來說，索尼PS遊戲「暴雨殺機」的作者與製作人凱吉就認為，應該把遊戲設計往前推到「大國民」所掀起的畫時代風潮。「暴雨殺機」不僅僅是一款電玩，也是一部「互動式影片」，玩家在裡頭可以扮演多重角色，從一個人稱摺紙殺人魔的連續殺人犯之手拯救出一名男孩。在整個「暴雨殺機」的遊戲中，玩家能夠化身為不同角色（包括摺紙殺人魔），並且可以決定故事應該如何收場。

真實的謊言

我們在電視上體驗故事的方式似乎也在改變，但電視仍然是傳遞故事的主要科技。實境節目的崛起，使得精心設計的節目被取代，這如果不是文明的象徵，也被視為是虛構故事走向末日的可怕預兆。但是廉價而低俗的實境節目崛起，也伴隨著電視影集興起的黃金時代，想想「火線重案組」、「廣告狂人」、「絕命毒師」、「黑道家族」，而且無論如何，實境秀一定也帶有虛構成分。實境秀的製作人設計陷阱讓房子裡或荒島上的陌生人產生摩擦，盡可能製造戲劇性的衝突效果。節目裡的「主角」或多或少都在演戲。他們很清楚攝影機正在拍攝，也知道自己被期待扮演急性子的醉漢，或是清純少女與性感女星，他們知道暴怒才能獲得更多的鏡頭。

實境秀的作者（沒錯，就是作者）和編輯團隊先是拍下一些畫面，然後將畫面轉變成為經典的故事劇情，「改頭換面」、「酷男的異想世界」、「奧茲家庭秀」、「紐澤西貴婦的真實生活」、「護鯨大戰」、「十口之家」，這些節目和其他實境秀的手法一直很貼近常見的故事公式。

比方說，史派克電視台所播放的「終極格鬥」中，一群年輕人來到一間豪宅，參加者可以在裡頭享用免費的酒，但不能看電視、讀書、講手機或者是和女朋友或老婆見面。節目的重點是儘量讓這些男生緊張與爭吵。「終極格鬥」和「我要活下去」這兩個節目一樣都是一場競賽，最後只剩一個人留在場內。但「終極格鬥」最根本的不同之處在於參賽者有一件事做得特別好：走進鐵絲網所圍成的十角形賽場，然後痛毆其他年輕對手，讓他們屈服。你離開無人島不是因為對手的投票，而是因為你在籠子裡被擊倒。「終極格鬥」第十季，格鬥員「肉丸」擊敗另一個叫「混帳」的對手，而且造成

「混帳」的眼睛重傷。這個舉動惹惱「混帳」朋友「大寶貝」，因此他馬上衝進場內和「肉丸」對幹。「大寶貝」曾是職業美式足球的線鋒，先是以連番重拳壓倒對手，然後對著「肉丸」瘋狂叫囂：「揮拳啊，拜託！打我啊，婊子！打我！講出你那樣做的理由，要不然我殺了你，臭小子！」「肉丸」狠狠瞪了回去，然後往後退了一小步，彷彿希望沒人注意到自己的小動作。

「大寶貝」在「終極格鬥」裡基本上是個好人，而「肉丸」則是個壞蛋。儘管「大寶貝」有著嚇人的體格，但講起話來相當溫柔，而且給人一種和善的感覺，就像一個有教養的南方小男孩。「肉丸」在節目裡不受歡迎，其他的格鬥員覺得他很愛撒謊，因此常常羞辱「肉丸」的智商與勇氣。但如果用福斯特的話來說，這兩個人其實都不是平面角色，而是圓形角色。當「肉丸」一人獨自面對鏡頭的時候，他看起來就像是節目裡最有頭腦的競爭者。他似乎真正了解自己工作的危險性，也清楚每一次踏入籠子，大塊頭與嚇人的傢伙就想要痛毆他，或是掐住他的脖子令他昏迷。

此外，雖然主角「大寶貝」看起來像是一個大塊頭紳士，但他不為人知的陰暗面讓他顯得有趣。他搖擺在自己兩種本性之間，有時興高采烈，有時忿忿不平。「大寶貝」的教練傑克森如此評價自己的徒弟：「（他）是這個世界上會殺掉你的人之中……最棒的傢伙。」

「終極格鬥」是根據真人（而非演員）大吵大鬧所拍攝的鏡頭來製作。這個節目或許不是虛構，但也不完全貨真價實。它具備故事中吸引人的所有元素，有著完全對立且常常是激烈無比的衝突，也有故事與角色的轉折。不過，除此之外這個節目還有一種讓人喘不過氣來的現實感。大部分的小說都努力在營造真實感，而能達到逼真的感覺也是小說技巧重要的一部分。實境節目根本不需要努力就有現實感了。在一九八〇年的電影「蠻牛」中，勞勃狄尼洛飾演一個變態拳擊手，被譽為是電影史上最偉大的表演。但這只是表演、只是演戲。當勞勃狄尼洛假裝自己因為憤怒而抓狂的時候，根本不像「大寶貝」失控那樣具有說服力或嚇人。

跟實境秀完全相反的電視節目是ABC所播的「超級保姆」。每集節目一開始，勇敢大膽的英國保姆喬福斯會拜訪一個亂七八糟的家庭，這些家庭的小孩都是小怪獸，而父母則顯得束手無策。保姆先是花一兩天時間觀察這些家庭有多糟，她會在鏡頭前翻翻白眼搖頭嘆息。接下來，喬福斯定下規則，開始在混亂的家裡打造秩序，原本糟糕的家庭搖身一變成為一塵不染的房子，一對聰明且充滿愛心的父母，還有令人尊重有教養的小孩。結局是喬福斯開著她那輛很土的英國保姆車離開，而這個小家庭自此過著幸福快樂的日子。

這多麼夢幻啊！沒有幾個節目可以像「超級保姆」那麼厚臉皮，居然在「實境」的外頭套上一層虛構的布。「超級保姆」的真實性根本比不上一般的小說，好的小說講的是相當逼真的謊言，而「超級保姆」則是滿口謊話，一點也不合乎現實。

「終極格鬥」與「超級保姆」證明實境秀並非沒有虛構成分，它不是非小說，而是一種新的小說，謊言與曲折是在編輯室裡產生的，而不是在寫作的書房裡出現。

毫無疑問，對於那些靠寫故事維生的人來說，這是一個生死關頭。出版業、電影與電視產業都要經歷一段痛苦的改變。但故事的**本質**並未改變，講故事的技術從口述、黏土板、手稿，進化到印刷的書籍，再進化到電影、電視、亞馬遜電子書Kindle與iPhone。這些技術改變造成商業模式的瓦解，但對故事本身卻未曾根本地改變。虛構故事的本質從過去到現在都沒變，而且永遠都是如此：

人物＋困境＋試著解脫

未來學是傻瓜的遊戲，但我認為憂心故事會從人類生活中被排除，根本就是杞人憂天。最初吸引我們閱讀小說的原因，將會愈來愈強烈，甚至是愈來愈完美。故事的吸引力將會倍增。我們會被放逐到網路的夢幻島上，而我們也樂此不疲。如同一位線上遊戲的玩家所說：「真實世界在未來前途黯淡。」

回到夢幻島

在陽光明媚的秋日，伊森和朋友一起跑進喬治亞州佛羅拉的印地安泉國家公園。他們閃過營地、躲進森林，不顧森林警察與露營同伴的目光，他們正在上演追捕野獸的遊戲，而野獸也正在獵殺他們。當他們作勢要擊倒這些假扮的野獸時，嘴裡大叫：「去死吧！臭怪物！」

稍稍平靜下來之後，他們還在演，顯得很急躁的「老虎血」對著英雄聯盟裡的塔隆爵士道歉：「我雖然不聰明，但懂得怎麼打仗，也知道怎麼畫符文。」塔隆毫不介意地說：「先生講的是肺腑之言。」這些電玩英雄的歡呼來自充滿異國情調的家園：魔幻沼澤、和諧帝國、風暴岩、地精城。

伊森披上一件從特價賣場買來的女裝，扮成中古時期的樣貌，蓬鬆的白袍與黑色緊身褲。有著童話般姓名的愛靈穿著一件緞面的衣服，芭蕾舞鞋，還有用塑膠繩綁住的翅膀。他們的武器是用牛皮膠帶包起來的木頭或泡沫塑料。不論裝扮多隨便，掛在兩棵樹中間的藍色篷布多麼不像地牢的入口，這些都不打緊。在玩家的想像裡，整個泡泡池中的玩具變成一堆令人毛骨悚然的人，一個汙垢痕跡把一張人臉變成一個在夜間盯哨的妖精；讓一件廉價的人造珠寶，變得跟聖杯一樣珍貴。

那個周末，伊森和「狼人」沃夫、「精靈」愛麗、「鐵袍」艾吉、「鬼叫」維波以及其他人，為了生存戰鬥與逃命。他們殺死恐怖的鳥嘴，他們在一個「骯髒不堪的洞穴裡」和「狼鼠之輩」打鬥。他們解開謎團，施展魔法，彼此戰鬥，然後重修舊好。

最後，他們終於在森林裡的小路上發現正在到處閒晃的魔蘋果。魔蘋果是一種半人、半植物的怪獸。許多英勇的戰士與美麗的少女迷迷糊糊闖入魔蘋果叢林，瞬間就被吞食。

當伊森揮舞著手上泡棉做的狼牙棒，和一群英雄一起進入魔蘋果叢林，打架所發出的聲音是：

重擊！

乒！

擋下來！

進去！從旁邊偷襲他！

還有兩個魔蘋果！

收收收緊身體！

再次重擊！

快閃！

啪！啪！啪！

讓你死！

啊啊啊啊啊！

當他們把森林弄得更好更純淨之後，這些英雄回到自己的小木屋，此時大家用的都是本名，聊的話題是老婆與小孩。接下來，他們爬上車子開車回家，不是開到地精城或者風暴岩，而是到亞特蘭大的郊區。伊森年紀大約四十多歲，向他的新朋友告別，搭上飛機回波士頓，他正在波士頓寫一本討論幻想遊戲這項次文化的書。

伊森剛剛經歷一場「門之森林」的「臨場動態角色扮演遊戲」。在這類遊戲裡，大人表現出自己童心未泯的一面，創造各種幻想出來的場景，從常見的劍與魔法之類的道具，再到科幻與間諜遊戲。他們各自發展出一套豐富的角色，有著完整的背景故事，例如心碎的巫師、亦正亦邪的童話以及藏有祕密的致命女人，然後這些臨場動態角色扮演者有時會假裝自己連續幾天都停留在角色裡。

「臨場動態角色扮演遊戲」不是真正的遊戲，而是不需要觀眾的即席演出，是大人的家家酒。

「臨場動態角色扮演遊戲」一九八〇年代從桌上的角色扮演遊戲，例如「龍與地下城」演變發展而來，讓朋友合作說故事。角色扮演遊戲帶領我們進入想像豐富的虛擬世界，不再只是被動的想像者（像傳統小說那種模式），而是成為主動的角色。角色扮演遊戲是遊戲與故事的結合。但對於我來說，故事性支配一切。「遊戲」這個詞代表的意思就是我們與故事世界的互動關係。

俄羅斯「臨場動態角色扮演遊戲」的獵人在第二次虛構的核爆事故後，正邁入車諾比核子反應爐附近的輻射線禁入區。圖中的人物必須團結一致，抵抗突變生物與其他危險。（Eduard Korniyenko/Reuters/Corbis）

「龍與地下城」的典型玩家就是滿臉痘痘、內向、不酷，而且拙於運動或者不善於和女生互動的男孩。我從兒時開始玩「龍與地下城」，並且跟那些一路玩到成年的人混了一段時間，在我眼中這種刻板印象十分準確。但臨場動態角色扮演遊戲者是另外一種人。他們是超級宅男，就連玩「龍與地下城」的宅男看到都會偷笑。但沒有人應該受到嘲笑，我們會像塊石頭呆呆地坐著觀賞演員演出托爾金所寫的故事，那為什麼把故事演出來就是笨蛋？為什麼我們實際上會崇拜夢幻島上意氣風發的電影明星，看他們抱怨與接吻，也看他們疼痛與誇張的感情，可是卻覺得「臨場動態角色扮演遊戲」是病態？「臨場動態角色扮演遊戲」遊戲者就像個超級小飛俠彼得潘：人類就是長不大的物種。我們或許會離開托兒所，卻不會離開夢幻島。

我們不應該嘲笑這些遊戲玩家還有另外一個理由，因為「門之森林」與「龍與地下城」這種角色扮演遊戲，點出了故事未來的發展。

美麗新世界！

我不認為傳統小說正在凋零，也不認為普遍公式將會改變，但確實覺得說故事的方式在未來五十年將會朝新的方向演變。角色扮演類型的互動式小說，將會從邊緣地位躍升為主流。我們之中會有愈來愈多人在自己的想像幻境裡玩耍，構想各種角色，並且將這些角色演出來。但我們只會在虛擬空間裡這樣做，並不會在真實世界演出。

故事的未來最引人注目的兩個科幻願景，一是來自於赫胥黎的《美麗新世界》，另一個是一九八七至一九九四年之間的「星艦迷航記」系列。在赫胥黎這本反烏托邦的小說裡，小說基本上已經完全消失，人會聚集在「感官遊戲」。「感官遊戲」表面上和電影一樣，但二者之間有兩點很大的差異。首先，你在感官遊戲中能確實感受劇中人物的所作所為。當兩個人在熊皮地毯上翻雲覆雨時，你能接觸到地毯上的每一根毛，而嘴唇融化在熱吻之中。其次，感官電影不是一種傳遞故事的科技，而是傳遞感覺的技術。感官遊戲不會探索人類的困境，也沒有什麼營養知識。他們只是讓人興奮與顫抖，感官遊戲是讓人看A片並能感受它。

如果感官電影被創造出來，大家當然會趨之若鶩。但我不認為這就等於是故事的末日，反而認為人會想要感官電影，也會想要故事。赫胥黎反烏托邦小說裡的主人翁會滿足於感官遊戲，但他們和我們不同。他們經過基因工程改造，並且受到文化上的限制，導致他們不再是真正的人類。除非我們真的跨入美麗新世界，在這個世界裡人類的本性與培育都產生了根本的改變，不然故事不可能消失。赫胥黎自己似乎也清楚這一點，他的小說裡頭只有一個貨真價實的人類，野人約翰，而他之所以離經叛道的部分原因是他喜愛莎士比亞勝過感官電影。

我認為小說的未來會比較接近「星艦迷航記」中的虛擬星體，而不是赫胥黎的感官遊戲。在「星艦迷航記」的虛擬宇宙裡，虛擬星體能真正模擬出任何事物。一部擬真小說是一部虛構作品，讓你可以成為角色進入虛擬星體，而這就是「臨場動態角色扮演遊戲」的尖端科技版。擬真小說就像感官遊戲，會耍些小把戲讓大腦覺得故事真實在眼前發生。但是和感官電影不同的是，擬真小說不需要脫離故事，就能讓所有人興奮與顫抖。

在虛擬星體中，艦長凱薩琳・珍葳喜歡看有著珍・奧斯汀風格的擬真小說，想像自己是個聰明、陰晴不定、充滿欲望的女主角。反之，艦長畢凱則喜歡想像自己是錢德勒推理小說中的偵探希爾。「星艦迷航記」的擬真小說完美詮釋小說吸引人的根本之處：我們會有認同角色的感覺，完全是因為我們**就是**這些角色，是一種穿越時空到另一個宇宙的完美想像。

我們可能永遠達不到在「星艦迷航記」中所看見的尖端科技，可是我相信我們正透過一種「大型多人線上角色扮演遊戲」朝那個方向發展。。在「大型多人線上角色扮演遊戲」中，遊戲者進入故事情節成為主角，跟著成千上萬的玩家一起遨遊在實際上很龐大而且文化很豐富的虛擬世界中。這個虛擬世界有自己的法律與習俗。他們有自己的方言，門外漢（稱為「菜鳥」）要熟悉這套語言相當困難。（有些字彙如：偷襲、悲哀、削弱、增益、減益、完勝）他們的部落陷入戰火，國家經濟蓬勃發展，每年交易高達真實世界的數億美元。真實的文化在「大型多人線上角色扮演遊戲」的世界裡自然發展，而人類學正在寫民族誌討論這些事。

當你進入「大型多人線上角色扮演遊戲」，不只是進入一個獨特的實體與文化空間，也進入了一個故事空間。事實上，許多「大型多人線上角色扮演遊戲」都是根據「魔戒」、「星艦迷航記」與「星際大戰」等各種流行故事改編。「大型多人線上角色扮演遊戲」引領我們成為經典英雄故事中的主角。如同有位玩家提到，玩「大型多人線上角色扮演遊戲」就像活在「一本還在寫的小說裡」。另一位玩家說：「我正活在中世紀的傳奇故事中，我是小說角色之一，同時也是這部小說的作者之一。」

以暴風雪娛樂公司的「魔獸世界」為例，我們很難在有限的篇幅中將「魔獸世界」是什麼交代清楚，就像我們無法用三言兩語說清楚尼加拉瓜與挪威的地理與文化概念。「魔獸世界」的野心相當驚人，它的開發者不是在製造遊戲，而是在創造世界。（他們清楚地說自己不創造角色扮演的**遊戲**，而是創造角色扮演的**體驗**），「魔獸世界」的設計者是一群怪胎，他們從虛空中刻出一個虛擬世界。

「魔獸世界」這個網路宇宙由各種星球、種族、幫派、文化與相互之間難以理解的語言所組成。有一千兩百萬個活生生的人在這裡冒險（也就是說「魔獸世界」中的玩家數量超過尼加拉瓜與挪威的人口總和）。社會學家班布里吉曾經花了兩年時間在「魔獸世界」進行參與觀察，他說「魔獸世界」的體驗是以「跟古代傳奇故事一樣複雜的

「魔獸世界」的女精靈。（World Warcraft® are copyrighted products of Blizzard Entertainment, Inc., and hereby used with permission. All images used by permission. ©2011 Blizzard Entertainment, Inc.）

神話」為基礎，這句話一點都不誇張。有幾本書內容繞著「魔獸世界」打轉，像是《新的部落》以及《瘟疫之地的內戰》，你可以讀這幾本書，學習有關這個虛擬國度的知識。還有一系列（已經出版到第十五冊）的小說，內容是「魔獸世界」的背景故事補充，主要角色人物的發展，而且也侷限線上體驗的演進。當你一踏入「魔獸世界」，就走進一篇正在演變的史詩，一路往前回溯到最初神剛降臨、世界誕生的時代，並且參與記錄各種族與文明興衰的數萬年歷史。

「魔獸世界」能夠做到這個地步，是因為這個遊戲集合了數百位合作者的創意，包括程式設計師、作家、社會科學家、歷史學家、視覺藝術家、音樂家以及其他人。雖然大多數的偉大藝術都是由個人所創作，但「魔獸世界」是數百位創意人士的作品，他們用視覺與聽覺藝術編織出故事藝術的感染力。「魔獸世界」是藝術的寶礦，而一切才剛起步，像「魔獸世界」這樣的宇宙，二十年後會是什麼模樣？五十年後又會變成什麼樣子呢？

出走

經濟學家卡斯特羅諾瓦在《虛擬世界的出埃及記》這本書裡指出，我們已經展開人類史上最大規模的遷移。人類正從真實世界往虛擬世界移動。雖然身體永遠在這個地球上遊蕩，但是人類的注意力已經逐漸「出走」到虛擬世界。數以千萬計「大型多人線上角色扮演遊戲」的信徒，每星期平均有二十到三十個小時沉溺在線上冒險。針對三萬名玩家所做的調查指出，大約有一半的重度玩家是在遊戲中找到自己最滿意的朋友，而且有百分之二十的人認為「大型多人線上角色扮演遊戲」才是他們「真正的家園」，而地球只是「他們偶爾參訪的地方」。隨著科技的進步讓虛擬世界愈來愈吸引人，出走的速度也日益增加。

根據卡斯特羅諾瓦的說法，出走速度加快的原因不只是虛擬新世界裡的互動故事引人入勝，還有真實生活裡把人往那邊推的力量。卡斯特羅諾瓦要我們想像一個名叫鮑伯的平凡人。鮑伯是個店員，負責把貨品上架、掃地與管理收銀機。他開著車穿過充滿大型商店、速食店的一座蕭瑟的都市叢林，一個人打保齡球。他並未參與市民活動，完全不像社群的一份子，生活毫無意義。工作對他要求不高，而他也無法發揮任何價值。

但是下班之後，鮑伯透過電腦上線，在網路上找到真實生活中所沒有的東西。角色扮演的遊戲裡，他有朋友，甚至有個老婆。他的生活不是為了銷售與消費垃圾，而是為了剷奸除惡。走進角色扮演遊戲，鮑伯有大塊肌肉、強大的武器，以及致命的魔力。在這個緊緊相連的電玩圈，他不僅重要而且備受尊重。

評論家批評「大型多人線上角色扮演遊戲」會增加現代生活中的疏離感，但這樣說是本末倒置，虛擬世界是將現代生活被掏空的一切填補回去。虛擬世界在許多重要的層面比真實世界更貼近人性，虛擬世界帶我們回歸社群，讓我們更有擔當，並且讓我們覺得自己對其他人很重要。

最重要的是，「大型多人線上角色扮演遊戲」深具**意義**。遊戲設計師瑞奇曾說，人類從漫無目標的真實生活走進「大型多人線上角色扮演遊戲」，讓自己每天都能放假。「大型多人線上角色扮演遊戲」是個充滿意義的環境，從各個方面來看，似乎是一個更值得我們為之生與為之死的世界。重要的是，「大型多人線上角色扮演遊戲」藉著讓神話復活來實現這一切。在虛擬世界裡，神話仍然具有威力，眾神栩栩如生且無所不能。線上遊戲「戰鎚」是如此描述險惡的戰士契札內：「在北方大地，有個凶猛的蠻族，他們崇拜令人憎惡的混沌之神，這個蠻族剛獲得一個新的領導者，他的名字隨著北地狂嘯的寒風與渡鴉尖銳的鳴叫聲傳入世人耳中，就像是雷鳴般的宣言，人們惡夢中的低語。他是契札內，邪神單齊挑選的人，他將會從根本開始撼動整個舊世界。」

因此，愈來愈多人進入「大型多人線上角色扮演遊戲」，不只是因為這些遊戲正面的優點，也是為了要逃避現代生活的荒涼，這種感覺正如遊戲設計師麥戈尼格近著的書名《現實破滅》。你或許會說：「沒錯！但這些角色扮演愛好者都有個共通點，他們都是可憐的輸家，但我不是，這個白痴與怪獸的世界和我一點關係都沒有。」

「大型多人線上角色扮演遊戲」的確不適合每一個人，但他們仍然處於剛起步的階段。接下來數十年，電腦計算能力將有驚人成長，我們會愈來愈貼近擬真小說。這種事一旦發生，故事的世界將會在許多方面超過真實生活。許多人，特別是像鮑伯那樣的人，已經決定與其在現實生活當個農夫，不如在「大型多人線上角色扮演遊戲」中當個國王。但有一天，在「大型多人線上角色扮演遊戲」中當國王，會比在真實世界中當國王更好嗎？

當然，人都必須離開電腦走出故事，去浴室洗澡或到冰箱拿東西吃。但互動的虛擬小說是如此吸引人，讓我們捨不得放下離開。這就是那些對「星艦迷航記」系列過於樂觀的人從來沒有掌握到的重點。虛擬星體就像氫彈技術，藏有毀滅的潛力。如果你有一個可以永遠為所欲為的小天地，從拯救世界到管理大小老婆，那你為什麼要走出去？你為什麼要停止扮演上帝？

人類愈來愈渴望故事。整體而言，這種渴望對我們來說是件好事。故事帶給我們歡樂與教誨。故事模擬世界，讓我們可以在裡頭過得更好。故事有助於讓我們結合成一群人，並且畫出我們的文化。故事一直是人類的偉大福音。

但渴望故事會變成一項弱點嗎？有人把渴望故事比喻成渴望食物。生活中的食物可能總是不夠，所以我們的祖先往往會儘量多吃一點。但現在我們這群整天坐在椅子上的現代人，生活中充斥廉價的油脂與玉米糖漿，吃太多似乎會讓我們太胖、縮短我們的壽命。同樣地，強烈渴望故事對我們的祖先有好處，但這個世界充滿書籍、MP3播放器、電視與智慧型手機，故事無所不在，所以故事會帶來某些惡果，對於羅曼史以及「玩咖日記」這類電視節目，故事就像奶油夾心蛋糕。我想文學家波依德說得對，他懷疑在一個充斥著垃圾故事的世界裡，看太多故事會導致「精神糖尿病」。

同樣地，隨著數位科技的演進，我們的故事無所不在，讓人身歷其境，具有互動性，這些都帶來致命的吸引力。真正的威脅並不是未來故事將淡出人類的生活，而是故事可能將會完全接管一切。

也許我們可能避免此命運。或許我們可以像個嚴格控制飲食的人，選擇有營養的故事，避免過度飽食。抱持這種精神，根據本書的研究在此提出一些中肯的建議：

閱讀與觀賞虛構故事。這會讓你更有同理心，並且更有能力駕馭生活中的矛盾。

別聽信道德主義者說小說會降低社會的道德結構。相反地，即便票房最爛的故事，也往往會將我們限制在共同價值之內。

我們天生就會被故事吸引。當我們的情感沉溺在人物與劇情，就變得容易被形塑與控制。

陶醉在故事改變世界的力量（想想《湯姆叔叔的小屋》），但也要對故事保持警戒（例如《一個國家的誕生》）。

雖然練足球與學小提琴不錯，但千萬不要讓你的小孩沒時間在夢幻島上玩，這對健全發展很重要。

讓自己可以做做白日夢，白日夢就是我們自己小小的故事，可以幫助我們從過去學習，並且能計畫未來。

意識到自己內在的說故事者陷入超載：懷疑陰謀論，懷疑自己在部落格所寫的文字，並且對自己和配偶及同事爭吵時的自我辯護持保留態度。

如果你是個懷疑論者，試著包容那些有助於凝聚文化的神話，不管是國家神話或者宗教神話。或是最起碼，不要對神話的消逝興高采烈。

下一次，如果聽到評論指出小說會因為了無新意而逐漸消失，聽聽就算了。人進入故事的天地並不是因為他們想要更新奇的事物，而是因為他們想要故事的普遍公式所帶來的熟悉感。

不要對故事的未來感到沮喪，也不用對電玩或實境秀的崛起感到不悅。我們體驗故事的方式會逐漸演變，但作為說故事的動物，我們從一出生開始爬行就不曾放棄故事。

請享受在曲折演化路徑上的各種異想天開，這讓我們成為說故事的動物，也賦予我們說出故事中繽紛歡樂的動力。更重要的是你要了解說故事的力量，不論故事從哪來，或者故事為何重要，都不會減少你的故事體驗。大膽地沉迷在小說裡吧！你將會看見我所說的一切。

中英對照表

人物

二至五畫

「大班」羅斯利斯伯格　“Big Ben” Roethlisberger

大衛・卡爾　David Carr

大衛鮑伊　David Bowie

小丑哈樂　Harlequins

山姆　Sam

丹・布朗　Dan Brown

丹尼特　Daniel Dennett

丹尼爾　Daniel Malakov

公主波卡雅　Lise Bolkonskaya

天使長加百列　Archangel Gabriel

尤漢・希特勒　Johann Georg Hiedler

巴里　James Barrie

巴斯特　Charles Baxter

巴魯斯　Timothy Barrus

戈馬克・麥卡錫　Cormac McCarthy

戈培爾　Joseph Goebbels

比爾老大　Bill the King

毛姆　Somerset Maugham

水手南塔克特　Nantucket

牛頓　Newton

王爾德　Oscar Wilde

以撒　Issac

加斯　William Gass

包法利夫人　Emma Bovary

卡夫卡　Franz Kafka

卡克穆德　Jèmeljan Kakemulder

卡特　Asa Carter / Forester Carter

卡得 Andy Card
卡斯特羅諾瓦 Edward Castronova
史威夫特 Graham Swift
史畢爾 Albert Speer
史瑞克 Shrek
史蒂夫・強森 Steve Johnson
史蒂芬妮・梅爾 Stephanie Meyer
史廣多 Squanto
史鮑特 Frederic Spotts
外星人閃電 Flash
尼采 Nietzche
布洛克 Timothy Brock
布洛薇 Janet Burroway
布朗 Roger Brown
布勞斯坦 Barry Blaustein
布萊伯利 Ray Bradbury
布萊希特 Bertolt Brecht
布魯納 Jerome Bruner
平克 Steven Pinker
平斯基 Robert Pinsky
弗拉納根 Owen Flanagan
弗烈奇 William Flesch
弗蘭克林 Michael Franklin
瓦利 Katja Valli
瓦歷斯 James Wallis
田中次郎 Jiro Tanaka
皮亞傑 Jean Piaget
皮特 William Pitt

六至十畫

伊底帕斯 Oedipus
伊麗莎 Eliza Harris

伍爾芙 Virginia Woolf
休姆 David Hume
列文索 Brad Leventhal
列維亭 Daniel Levitin
吉卜林 Rudyard Kipling
吉辛 George Gissing
安娜 Annabel
安德魯 Andrew
托爾斯泰 Leo Tolstoy
朱費 Michael Jouvet
米克森 Phil Mickelson
米夏 Misha
米堤 Walter Mittys
米爾格倫 Stanley Milgram
老虎伍茲 Tiger Woods
艾克 David Icke

艾里森 Ralph Ellison
艾肯 David Elkind
艾洛伊 James Ellroy
艾倫 Brooke Allen
艾隆森 Eliot Aronson
艾碧 Abby / Abigail
西弗烈得・華格納 Siegfried Wagner
亞里斯多德 Aristotle
亨伯利 Humbert Humbert
亨利希・曼 Heinrich Mann
伯恩海姆 Hippolyte Bernheim
伯根 Joseph Bogen
佛洛伊德 Sigmund Freud
克里克 Francis Crick
克林伊斯威特 Clint Eastwood
克萊恩 Hart Crane

克魯 Frederick Crews
克魯格 Dan Kruger
克魯索 Clouseau
克魯蕭夫 Lev Kuleshov
克蘭西 Tom Clancy
克蘿莉 Michele Crossley
希克乎貝爾家族 Schicklgruber
希欽斯 Christopher Hithens
希爾 Dixon Hill
希薇亞・普拉斯 Sylvia Plath
李頓 Edward Bulwer-Lytton
杜斯妥也夫斯基 Dostoyevsky
狄更斯 Charles Dickens
狄金森 Rod Dickinson
貝拉 Bella
辛格 Jerome Singer

阿帕托 Judd Apatow
阿契爵士 Sir Archy
阿洛伊斯 Alois Schicklgruber
阿道夫 Adolfus
那斯地吉 Nasdijj
里維斯 Byron Reeves
亞伯拉罕 Abraham
亞科波尼 Marco Iacoboni
亞高達 Ben Yagoda
亞瑟王 King Arthur
亞當山德勒 Adam Sandler
亞歷山大大帝 Alexander the Great
亞諾維奇 David Aaronovitch
奈特爾 Daniel Nettle
季洛維奇 Thomas Gilovich
帕西法爾 Parsifal

彼得潘 Peter Pan
拉馬 Lamar
拉斯克尼科夫 Raskolnikov
拉森 Stieg Larsson
杭士基 Noam Chomsky
杭特 Harry Hunt
杭特湯普森 Hunter S. Thompson
林肯 Abraham Lincoln
法佛爾 Brett Favre
法詹 Joel Fajans
法蘭奇 Lauren French
法蘭森 Jonathan Franzen
波依德 Brian Boyd
肯芮 Anne Krendl
肯特女士 Joanne Cantor
保羅・強森 Paul Johnson
保羅麥卡尼 Paul McCartney
勇恩 Jon
哈利 Alex Haley
哈利波特 Harry Potter
哈波李 Harper Lee
哈藍 John Haslam
契訶夫 Anton Chekhov
威克斯 Chuck Wicks
威廉・詹姆士 William James
威爾森 David Sloan Wilson
拜倫 Byron
拜倫爵士 Lord Byron
星艦迷航記 Star Trek: The Next Generation
柏拉圖 Plato
查洛特 Charlotte
柯勒律治 Samuel Taylor Coleridge

柯斯勒　Arthur Koestler
柯蕭　Ian Kershaw
洛溫　James Loewen
津恩　Howard Zinn
珍・奧斯汀　Jane Austen
科賽爾　John Kessel
約翰・葛理遜　John Grisham
約翰藍儂　John Lennon
美狄亞　Medea
胡賽尼　Khaled Hosseini
范恩　Cordelia Fine
韋德　Nicholas Wade
倫納德　Elmore Leonard
哥倫布　Christopher Columbus
哥德夏　Jonathan Gottschall
唐吉訶德　Don Quixotes

唐諾　Donald
埃拉伽巴路斯　Heliogabalus
庫力克　James Kulik
庫比蔡克　August Kubizek
庫林　James Koehnline
格拉瑟　Ernst Glaser
格林　Melanie Green
格瑞菲斯　D.WGriffith
桃樂絲　Dorothy
泰勒　Shelley Taylor
泰勒絲　Taylor Swift
海明威　Ernest Hemingway
海涅　Heinrich Heine
海特　Jonathan Haidt
海德　Fritz Heider
涂爾幹　Émile Durkheim

班布里吉 William Sims Bainbridge
班特莉 Toni Bentley
納洋吉尼 Neyaniinezghanii
納博科夫 Vladimir Nabokov
納斯 Clifford Nass
索普拉諾 Tony Soprano
索福克勒斯 Sophocles
馬修 James Tilly Matthews
馬泰爾 Yann Martel
馬祺雅 Marcia
馬爾肯 Janet Malcolm

十一至十五畫

勒奇 Lurky
密爾頓 John Milton
戴手套的女人 Glove Woman
康納 Melvin Konner
梅佐夫 Andrew Meltzoff
梅爾維爾 Herman Melville
理查森 Samuel Richardson
畢塞 Tom Bissell
船長柯芬 Zimri Coffin
荷馬 Homer
莫利 Christopher Morley
莫拉耶夫 Mikhail Mallayev
陸榮 Arnold Ludwig
雪萊 Percy Bysshe Shelley
麥戈尼格 Jane McGonigal
麥克伊旺 Ian McEwan
麥克馬洪 Vince McMahon
麥克維 Timothy McVeigh
傑伊 Mike Jay

傑克・倫敦　Jack London
傑克校長　Jack the Schoolmaster
傑克森　Rampage Jackson
凱吉　David Cage
凱斯特納　Erich Kastner
凱羅　Joseph Carroll
勞勃狄尼洛　Robert De Niro
喬伊斯　James Joyce
喬治・歐威爾　George Orwell
喬福斯　Jo Frost
斯托　Harriet Beecher Stowe
斯泰因　Gertrude Stein
普布拉　Dióscoro Puebla
普勞曼　Amy Plowman
普魯斯特　Marcel Proust
曾健時　Jerry Jenkins

湯姆　Tom Sawyer
湯姆叔叔　Uncle Tom
湯瑪斯・曼　Thomas Mann
舒特　Burnham Shute
華格納　Richard Wagner
華茲華斯　William Wordsworth
華盛頓　George Washington
華萊士　George Wallace
華爾特　Walther von Stolzing
菲畢里克　Nathaniel Philbrick
費司　Joachim Fest
費瑞　James Frey
賀斯坦　William Hirstein
黑騎士　Black Knight
塔夫利　Carol Tavris
塔巴吉尼　Tobajishinchini

塞萬提斯　Miguel de Cervantes
奧布萊恩　Patrick O' Brian
奧特利　Keith Oatley
奧登　W.H.Auden
愛倫坡　Edgar Allan Poe
楊百翰　Brigham Young
瑞奇　David Rickey
葛林　Graham Greene
葛詹尼加　Michael Gazzaning
葳妮　Winifred
詹姆斯　Lebron James
詹明森　Kay Redfield Jamison
詹森　John Johnson
賈比　Mbemba Jabbi
賈格　Gustav Jager
賈納　John Gardner

道金斯　Richard Dawkins
道爾爵士　Sir Arthur Conan Doyle
達斯維達　Darth Vader
雷格瑞　Simon Legree
雷馮索　Antti Revonsuo
摺紙殺人魔　Origami Killer
歌德　Goethe
瑪妮　Marni
瑪姬　Marie G
瑪爾　Raymond Mar
福斯特　E. M. Foster
福樓拜　Gustave Flaubert
蓋西　John Wayne Gacy
蓓克爾　Katie Baker
蜜雪兒　Michelle
裴利　Vivian Paley

赫胥黎　Aldous Huxley
齊弗　Michael Zyphur
齊美爾　Marianne Simmel
齊格菲　Siegfried
德孟　William Dement
德萊頓　John Dryden
德萊賽　Theodore Dreiser
歐斯特　James Ost
潘奇夫　Sergei Pankeev
鄧尼索夫隊長　Captain Denisov
黎曦庭　Tim LaHaye

十六畫以上

穆罕默德　Muhammad
諾拉・羅伯特　Nora Roberts
錢德勒　Raymond Chandler
霍布森　J. Allan Hobson
霍雷斯　Horace
薇瑪　Velma
薛頓　Paul Sheldon
謝茲　David Shields
謝碧　Arthur Shelby
邁爾　Norman Maier
鍾芭・拉希莉　Jhumpa Lahiri
黛安　Diane
黛安娜王妃　Princess Diana
懷特　Walter White
瓊斯　Alex Jones
羅伯特　Robert
羅恩格林　Lohengrin
羅琳　J.K. Rowling
羅塔思　Elizabeth Loftus

麗莉　Lily

龐塞　André François-Poncet

蘇史密斯　Brian Sutton-Smith

蘇姬亞瑪　Michelle Scalise Sugiyama

饒舌歌手比吉　Biggie

饒舌歌手吐派克　Tupac

護士安妮　Annie Wilkes

地點

四至十畫

巴黎聖母院　Notre Dame

北卡羅來納州　North Carolina

尼加拉瓜　Nicaragua

弗賴貝格　Freinberg

田納西州柯林頓鎮　Clinton, Tennessee

安代遊樂場　Annandale Playground

艾菲爾鐵塔　Eiffel Tower

西印度群島　West Indies

印地安泉國家公園　Indian Springs State park

佛羅里達　Florida

佛羅拉　Flovilla

阿列日省　Ariège

阿拉巴馬州　Alabama

阿茲堤克帝國　Aztecs

拉丁區　Latin Quarter

拉希莫山　Mount Rushmore

林茲　Linz

芝加哥大學實驗學校　University of Chicago Laboratory Schools

法國小鎮南錫　Nancy

肯塔基　Kentucky

俄亥俄河　Ohio River

拜羅伊特　Bayreuth
英格蘭普利茅斯大學　Plymouth University
美國深南部　Deep South
挪威　Norway

十一畫以上

荷蘭屋圖書館　Holland House library
密西根大學　The University of Michigan
普拉特斯堡中學　Plattsburgh High School
奧斯威辛集中營　Auschwitz
達特茅斯　Dartmouth
歐塞河　River Ouse
羅浮宮　Louvre

出版物

「美國心理學家」　*American Psychologist*
「時代雜誌」　*Times*
「紐約客雜誌」　*The New Yorker*
「紐約時報雜誌」　*New York Times Magazine*
「電腦玩家」　*PC Gamer*
《一九八四》　*1984*
《一千零一夜》　*Arabian Nights*
《一個小小的建議》　*A Modest Proposal*
《一個國家的誕生》　*The Birth of a Nation*
《大英百科全書》　*The Encyclopedia Britannica*
《小飛俠彼得潘》　*Peter Pan*
《小氣財神》　*A Christmas Carol*
《小說與生活中的人物》　*Fiction and the Figures of Life*
《中午的黑暗》　*Darkness at Noon*
《少年PI的奇幻漂流》　*Life of Pi*
《少年小樹之歌》　*The Education of Little Tree,*

《少年維特的煩惱》 *The Sorrows of Young Werther*
《心智探奇》 *How the Mind Works*
《文學》 *Literature*
《水之鄉》 *Waterland*
《包法利夫人》 *Madame Bovary*
《白鯨記》 *Mody Dick*
《仲夏夜之夢》 *A Midsummer Night's Dream*
《伊利亞得》 *The Iliad*
《同名之人》 *The Namesake*
《回憶錄的歷史》 *Memoir: A History*
《因果報應》 *Comeuppance*
《多出的人生》 *Extra Lives*
《百萬碎片》 *A Million Little Pieces*
《老人與海》 *The Old Man and the Sea*
《臣服》 *The Surrender*
《自由》 *Freedom*
《血字的研究》 *A Study in Scarlet*
《巫毒歷史》 *Voodoo Histories*
《希特勒與美學的力量》 *Hitler and the Power of Aesthetics*
《我們如何了解事物並非如此?》 *How We Know What isn't So*
《我眼中的青年希特勒》 *The Young Hitler I Knew*
《改變的女人》 *Changing Woman*
《男孩與女孩:娃娃家的超級英雄》 *Boys and Girls: Superheroes in the Doll Corner*
《押沙龍和亞希多佛》 *Absalom and Achitophel*
《芬尼根的守靈夜》 *Finnegans Wake*
《長路》 *The Road*

《阿爾曼首爾》 *Almansor*

《哈利波特》 *Harry Potter*

《哈利波特與死神的聖物》 *Harry Potter and the Deathly Hallow*

《哈姆雷特》 *Hamlet*

《幽冥的火》 *Pale Fire*

《星際大戰》 *Star Wars*

《看不見的人》 *Invisible Man*

《美麗新世界》 *Brave New World*

《修辭學》 *Poetics*

《根》 *Roots*

《泰特斯安特洛尼克斯》 *Titus Andronicus*

《航向長夜的捕鯨船：「白鯨記」背後的真實故事》 *In The Heart of the Sea*

《追風箏的小孩》 *The Kite Runner*

《偉大的代價》 *The Price of Greatness*

《帶小狗的女士》 *The Lady with the Little Dog*

《梅岡城故事》 *To Kill a Mockingbird*

《都柏林人》 *Dubliners*

《媒體公式》 *The Media Equation*

《朝向莎士比亞全集的筆記》 *Notes Towards the Complete Works of Shakespeare*

《渴望真實》 *Reality Hunger*

《湯姆叔叔的小屋》 *Uncle Tom's Cabin*

《湯姆歷險記》 *Tom Sawyer*

《畫家與工匠希特勒》 *Adolf Hitler as Painter and Draftsman*

《發條橘子》 *A Clockwork Orange*

《童年的演化》 *The Evolution of Childhood*

《虛擬世界的出埃及記》 *Exodus to the Virtual World*

《傷心手冊：失戀與悲傷的101首詩》 *The*

Handbook of Heartbreak:101 Poems of Lost Love and Sorrow

《新的部落》 *The New Horde*

《新格拉布街》 *New Grub Street*

《罪與罰》 *Crime and Punishment*

《道德實驗室》 *The Moral Laboratory*

《達文西密碼》 *The Da Vinci Code*

《達爾文的教堂》 *Darwin's Cathedral*

《雷霆萬鈞》 *A Sound of Thunder*

《夢的解析》 *The Interpretation of Dreams*

《夢裡血流成河》 *The Blood Runs Like a River Through My Dreams*

《槍下的夜晚》 *The Night of the Gun*

《瘋狂天才》 *Touched with Fire*

《瘋狂的明證》 *Illustrations of Madness*

《綠魔》 *The Tommyknockers*

《與狼共存》 *Misha: A Memoire of the Holocaust Years*

《噴氣織機幫派》 *The Air Loom Gang*

《寫小說》 *Writing Fiction*

《潘蜜拉：美德的獎賞》 *Pamela; or, Virtue Rewarded*

《瘟疫之地的內戰》 *Civil War in the Plaguelands*

《論道德小說》 *On Moral Fiction*

《輪子上的帕那索斯》 *Parnassus on Wheels*

《戰爭與和平》 *War and Peace*

《龍紋身的女孩》 *The Girl with the Dragon Tattoo*

《叢林奇譚》 *The Jungle Book*

《雜貨商貝利先生》 *Mr Bailey, Grocer*

《韻律之書：嘻哈音樂的詩意》 *Book of*

Rhymes: The Poetics of Hip Hop

《蘇菲的選擇》 *Sophie's Choice*

《饒舌歌曲的選集》 *The Anthology of Rap*

《贖罪》 *Atonement*

《蘿莉塔》 *Lolita*

電視節目和電玩

「X檔案」 The X-Files

「ADT保全」 ADT Security Service

「二十四小時反恐任務」 24

「人生如戲」 Curb Your Enthusiasm

「入侵者」 Invaders

「十口之家」 Jon and Kate Plus 8

「大白鯊」 Jaws

「大國民」 Citizen Kane

「小精靈」 Pac-Man

「天才老爹」 The Cosby Show

「太空侵略者」 Space Invaders

「火線重案組」 The Wire

「尼伯龍根的指環」 Ring Cycle

「光頭神探」 The Shield

「老巫婆」 The Old Witch

「老黃狗」 Old Yellower

「我要活下去」 Survive

「改頭換面」 Extreme Makeover

「決戰時刻」 Call of Duty：Modern Warfare3

「命運好好笑」 Funny People

「所多瑪與蛾摩拉」 Sodom and Gomorrah

「法網遊龍」 Law and Order

「玩咖日記」 Jersey Shore

「門之森林」 Forest of Doors

「阿凡達」 Avatar

「阿呆與阿瓜」 Dumb and Dumber
「俠盜獵車手」 Grand Theft Auto
「怒海爭鋒系列」 Master and Commander
「美國偶像」 American Idol
「美國黑社會三部曲」 Underworld USA Trilogy
「粉紅豹」 The Pink Panther's
「紐約重案組」 NYPD Blue
「記憶拼圖」 Memento
「逆向幻覺」 retroactive hallucination
「國家時代」 National Era
「終極格鬥」 The Ultimate Fighter
「貨幣戰爭」 Endgame :Blueprint for Global Enslavement
「絕命毒師」 Breaking Bad
「超級保姆」 SuperNanny
「超級製作人」 30 Rock
「黃昏三鏢客」 The Good, the Bad and the Ugly
「黑道家族」 The Sopranos
「嗜血法醫」 Dexter
「奧茲家庭秀」 The Osbournes
「意志的勝利」 Triumph of the Will
「愛的故事」 Love Story
「紐澤西貴婦的真實生活」 the Real Housewives of New Jersey
「聖杯傳奇」 Monty Python and the Holy Grail
「實習醫生」 Grey's Anatomy
「摔角梟雄」 Beyond the Mat
「酷男的異想世界」 Queer Eye
「廣告狂人」 Mad Men
「慕尼黑老屋的庭院」 The Courtyard of the

Old Residency in Munich
「暮光之城」 Twilight saga
「暴雨殺機」 Heavy Rain
「歐普拉脫口秀」 The Oprah Winfrey Show
「誰殺了甘迺迪」 JFK
「賭城風情畫」 Fear and Loathing in Las Vegas
「黎恩濟」 Rienzi
「憨第德」 Candide
「戰略迷魂」 The Manchurian Candidate
「燒掉房子」 Burning Down the House
「辦公室」 The Office
「龍與地下城」 Dungeons and Dragons
「爆破衛星」 Asteroids
「護鯨大戰」 Whale Wars
「魔戒」 The Lord of the Rings
「魔獸世界」 World of Warcraft
「歡樂酒店」 Cheers
「歡樂單身派對」 Seinfeld
「變形記」 The Metamorphosis
「驚魂記」 Psycho
「蠻牛」 Raging Bull

其他

一至五畫

3K黨初始聯邦 the Original Ku klux Klan of the Confederacy
九一一真相運動 911 Truth movement
九一一真相調查聯盟 911 Truth allies
下議院 House of Commons
大型多人線上角色扮演遊戲 MMORPG
孔山族 !Kung San
心理擬真平台 mental holodeck

毛克利 Mowgli
世界摔角娛樂公司 World Wrestling Entertainment
兄弟之愛 Bromance
卡崔娜颶風 Hurricane Katrina
史派克電視台 Spike TV
史酷比 Scooby
史霍公司 Scripps Howard
外星人可瑞 Krel

六至十畫

休士頓德州人隊 Houston Texans
先天性腎上腺皮質增生症 CAH
光照派 Illuminati
共濟會 Masons
百憂解 Prozac
自由世界聯盟網站 FreeWorldAlliance.com
克里夫蘭騎士隊 Cleveland Cavalier
快速動眼期睡眠行為障礙 RBD
快速動眼睡眠期 rapid eye movement
杏仁體 amygdala
沙十闊 Sasquatch
奈奎爾 NyQuil
阿拉瓦克印地安人 Arawak
阿薩巴斯卡人 Athabaskan
那瓦荷印地安人 Navajo
乳突紋線 papillary ridges
亞斯伯格症候群 Aspergerish
奇瑞爾麥片 Cheerios
帕塔餅乾 Pop-Tarts
注意力不足過動症 ADHD
哈里斯民意調查報告 Harris Poll

政府雇員保險公司　Geico
挑戰者號太空梭　Challenger
科塔爾行屍症候群　Contard’s syndrome
科爾薩科夫氏症候群　Korsakoff’s syndrome
約克公爵　Duke of York
耶魯大學出版社　Yale University Press
胎兒酒精綜合症　fetal alcohol syndrome
飛馬　Starlite
捕鯨船「埃塞克斯號」　Essex
捕鯨船「皇太子號」　Dauphin
烏比岡湖效應　the Lake Woebegone effect
紐約洋基隊　New York Yankees
胼胝體　corpus callosum
脆司麥片　Trix
閃光燈記憶　flashbulb memories
高爾夫球名人賽　Masters Golf Tournament

十一畫以上

假打　Kayfabe
偏執型精神分裂症　paranoid schizophrenia
偷走灰姑娘　Stealing Cinderella
彩虹仙子　Rainbow Brite
推特　Twitter
混沌之神　gods of Chaos
現代主義運動　modernist movement
現代美術學院　Academy of Fine Arts
第三帝國　Reich
野牛黏土　Clay bison
麥克阿瑟基金會　MacArthur Foundation
傑克林牛肉乾　Jack Link’s Beef Jerky
單口喜劇　stand-up comedy
普魯士　Prussiia
無限的猴子理論　infinite monkey theory

硬腦膜　dura
硬蕊饒舌　Hard-core rap
虛擬星體　holodeck
意識流　stream of consciousness
新新聞主義　New Journalism
毀滅之神濕婆　Shiva
煩寧　Valium
聖派翠克節　St. Patrick's Day
腦邊緣系統　limbic system
蒂多杜貝爾　Tuc d'Audoubert
雷神索爾　Thor
電視實境秀　reality TV
夢幻島　Neverland
維京人一號　Viking I
蒙古劈掌　Mongolian chop
說故事的靈長類　Homo Fictus

赫布理論　Hebbian Theory
摩門教徒　Mormons
暴風雪娛樂公司　Blizzard Entertainment
樂倍舒止　Bobitussin
樂復得　Zoloft
獨立電影頻道　Independent Film Channel
隨機活化理論　random activation theory, RAT
駱駝式固定　camel clutch
聯邦緊急事務管理署　FEMA
職業美式足球　NFL
證據確鑿網站　Smoking Guns
贊安諾　Xanax
蘇拉威西黑冠猴　Sulawesi crested macaques
魔鬼路西法　Lucifer

參考書目

Aaronovitch, David. *Voodoo Histories: The Role of the Conspiracy Theory in Shaping Modern History.* New York: Riverhead, 2010.

Allen, Brooke. *Artistic License: Three Centuries of Good Writing and Bad Behavior.* New York: Ivan R. Dee, 2004.

Anderson, Craig A., Akiko Shibuya, Nobuko Ihori, Edward L. Swing, Brad J. Bushman, Akira Sakamoto, Hannah R. Rothstein, and Muniba Saleem. "Violent Video Game Effects on Aggression, Empathy, and Prosocial Behavior in Eastern and Western Countries: A Meta-Analytic Review." *Psychological Bulletin* 136 (2010): 151–73.

Appel, Markus. "Fictional Narratives Cultivate Just-World Beliefs." *Journal of Communication* 58 (2008): 62–83.

Appel, Markus, and Tobias Richter. "Persuasive Effects of Fictional Narratives Increase over Time." *Media Psychology* 10 (2007): 113–34.

Appleyard, J. A. *Becoming a Reader: The Experience of Fiction from Childhood to Adulthood.* Cambridge: Cambridge University Press, 1990.

Bainbridge, William. *The Warcraft Civilization: Social Science in a Virtual World.* Cambridge, MA: MIT Press, 2010.

Baker, Katie. "The XX Blitz: Why Sunday Night Football Is the Third-Most-Popular Program on Television—Among Women." *New York Times Magazine,* January 30, 2011.

Baker, Nicholson. "Painkiller Deathstreak." *The New Yorker,* August 9, 2010.

Barra, Allen. "The Education of Little Fraud." Salon, December 20, 2001. http://dir.salon.com/story/books/feature/2001/12/20/carter/index.html. Accessed February 16, 2011.

Bartlett, Frederic. *Remembering: A Study in Experimental and Social Psychology.* Cambridge: Cambridge University Press, 1932.

Baumeister, Roy. *Evil: Inside Human Violence and Cruelty.* New York: Henry Holt, 1997.

Baxter, Charles. *Burning Down the House: Essays on Fiction.* St. Paul: Graywolf, 1997.

Bayard, Pierre. *How to Talk About Books You Haven't Read.* London: Bloomsbury, 2007.

BBC News. "No Words to Describe Monkeys' Play," May 9, 2003. http://news.bbc.co.uk/2/hi/3013959.stm. Accessed August 30, 2010.

Bégouën, Robert, Carole Fritz, Gilles Tosello, Jean Clottes, Andreas Pastoors, and François Faist. *Le Sanctuaire secret des bisons.* Paris: Somogy, 2009.

Bell, Charles. *The Hand: Its Mechanisms and Vital Endowments, as Evincing Design.* London: John Murray, 1852.

Bernheim, Hippolyte. *Suggestive Therapeutics: A Treatise on the Nature and Uses of Hypnotism.* New York: G. P. Putnam's Sons, 1889.

Bernstein, Daniel, Ryan Godfrey, and Elizabeth Loftus. "False Memories: The Role of Plausibility and Autobiographical Belief." In *Handbook of Imagination and Mental Simulation,* edited by Keith Markman, William Klein, and Julie Suhr, 89–102. New York: Psychology Press, 2009.

Bissell, Tom. *Extra Lives: Why Video Games Matter.* New York: Pantheon, 2010.

Bjorklund, David, and Anthony Pellegrini. *The Origins of Human Nature: Evolutionary Developmental Psychology.* Washington, DC: American Psychological Association, 2002.

Bland, Archie. "Control Freak: Will David Cage's 'Heavy Rain' Video Game Push Our Buttons?" *Independent,* February 21, 2010.

Blaustein, Barry. *Beyond the Mat.* Los Angeles: Lion's Gate Films, 2000. Film.

Bloom, Paul. *Descartes' Baby: How the Science of Child Development Explains What Makes Us Human.* New York: Basic, 2004.

———. *How Pleasure Works: The New Science of Why We Like What We Like.* New York: Norton, 2010.

Blume, Michael. "The Reproductive Benefits of Religious Affiliation." In *The Biological Evolution of Religious Mind and Behavior,* edited by Eckart Voland and Wulf Schiefenhovel. Dordrecht, Germany: Springer, 2009.

Booker, Christopher. *The Seven Basic Plots.* New York: Continuum, 2004.

Boyd, Brian. *On the Origin of Stories: Evolution, Cognition, Fiction.* Cambridge, MA: Harvard University Press, 2009.

Boyd, Brian, Joseph Carroll, and Jonathan Gottschall. *Evolution, Literature, and Film: A Reader.* New York: Columbia University Press, 2010.

Boyer, Pascal. *Religion Explained.* New York: Basic, 2002.

Bradley, Adam. *Book of Rhymes: The Poetics of Hip Hop.* New York: Basic, 2009.

Bradley, Adam, and Andrew DuBois, eds. *The Anthology of Rap.* New Haven, CT: Yale University Press, 2010.

Brainerd, Charles, and Valerie Reyna. *The Science of False Memory.* Oxford: Oxford University Press, 2005.

Breuil, Abbé Henri. *Four Hundred Centuries of Cave Art.* New York: Hacker Art Books, 1979.

Brown, Roger, and James Kulik. "Flashbulb Memories." *Cognition* 5 (1977): 73–99.

Bruner, Jerome. *Making Stories: Law, Literature, Life.* New York: Farrar, Straus and Giroux, 2002.

Bryant, Jennings, and Mary Beth Oliver, eds. *Media Effects: Advances in Theory and Research.* 3rd ed. New York: Routledge, 2009.

Bulbulia, Joseph, Richard Sosis, Erica Harris, and Russell Genet, eds. *The Evolution of Religion: Studies, Theories, and Critiques.* Santa Margarita, CA: Collins Foundation, 2008.

Bureau of Labor Statistics. "American Time Use Survey—2009 Results." http://www.bls.gov/news.release/archives/atus_06222010.pdf. Accessed August 30, 2010.

Burroway, Janet. *Writing Fiction: A Guide to Narrative Craft.* 3rd ed. New York: Longman, 2003.

Cantor, Joanne. "Fright Reactions to Mass Media." In *Media Effects: Advances in Theory and Research,* 3rd ed., edited by Jennings Bryant and Mary Beth Oliver. New York: Routledge, 2009.

Carr, David. *The Night of the Gun.* New York: Simon and Schuster, 2008.

Carroll, Joseph. "An Evolutionary Paradigm for Literary Study." *Style* 42 (2008): 103–35.

Carroll, Joseph, Jonathan Gottschall, John Johnson, and Dan Kruger. "Human Nature in Nineteenth-Century British Novels: Doing the Math." *Philosophy and Literature* 33 (2009): 50–72.

——. *Graphing Jane Austen: The Evolutionary Basis of Literary Meaning.* NY: Palgrave, 2012.

——. "Paleolithic Politics in British Novels of the Nineteenth Century." In *Evolution, Literature, and Film: A Reader,* edited by Brian Boyd, Joseph Carroll, and Jonathan Gottschall. New York: Columbia University Press, 2010.

Carter, Dan. "The Transformation of a Klansman." *New York Times,* October 4, 1991.

Castronova, Edward. *Exodus to the Virtual World: How Online Fun Is Changing Reality.* New York: Palgrave, 2007.

——. *Synthetic Worlds: The Business and Culture of Online Games.* Chicago: University of Chicago Press, 2006.

Clooney, Nick. *The Movies That Changed Us.* New York: Atria, 2002.

CNN. "President Bush Holds Town Meeting," December 4, 2001. http://transcripts.cnn.com/TRANSCRIPTS/0112/04/se.04.html. Accessed August 30, 2010.

Conway, Martin, Alan Collins, Susan Gathercole, and Steven Anderson. "Recollections of True and False Autobiographical Memories." *Journal of Experimental Psychology* 125 (1996): 69–95.

Crews, Frederick. *Follies of the Wise: Dissenting Essays.* Emeryville, CA: Shoemaker Hoard, 2006.

Crick, Francis, and Graeme Mitchison. "The Function of Dream Sleep." *Nature* 304 (1983): 111–14.

Crossley, Michele. *Introducing Narrative Psychology: Self, Trauma, and the Construction of Meaning.* Buckingham, UK: Open University Press, 2000.

Damasio, Antonio. *Self Comes to Mind: Constructing the Conscious Brain.* New York: Pantheon, 2010.

Darwin, Charles. *The Descent of Man and Selection in Relation to Sex.* New York: D. Appleton, 1897. First published 1871.

Davies, P., L. Lee, A. Fox, and E. Fox. "Could Nursery Rhymes Cause Violent Behavior? A Comparison with Television Viewing." *Archives of Diseases of Childhood* 89 (2004): 1103–5.

Dawkins, Richard. *A Devil's Chaplain.* Boston: Mariner, 2004.

——. *The God Delusion.* Boston: Houghton Mifflin, 2006.

Dennett, Daniel. *Breaking the Spell: Religion as a Natural Phenomenon.* New York: Penguin, 2007.

Dinstein, Ilan, Cibu Thomas, Marlene Behrmann, and David Heeger. "A Mirror Up to Nature." *Current Biology* 18 (2008): 13–18.

Dissanayake, Ellen. *Art and Intimacy: How the Arts Began.* Seattle: University of Washington Press, 2000.

———. *Homo Aestheticus: Where Art Comes From and Why.* Seattle: University of Washington Press, 1995.

Djikic, Maja, Keith Oatley, Sara Zoeterman, and Jordan Peterson. "On Being Moved by Art: How Reading Fiction Transforms the Self." *Creativity Research Journal* 21 (2009): 24–29.

Doyle, A. C. *A Study in Scarlet, and, The Sign of the Four.* New York: Harper and Brothers, 1904. First published 1887.

Dunbar, David, and Brad Regan, eds. *Debunking 9-11 Myths.* New York: Hearst, 2006.

Dunbar, Robin. *Grooming, Gossip, and the Evolution of Language.* Cambridge, MA: Harvard University Press, 1996.

Durkheim, Émile. *The Elementary Forms of Religious Life.* Oxford: Oxford University Press, 2008. First published 1912.

Dutton, Denis. *The Art Instinct: Beauty, Pleasure, and Human Evolution.* New York: Bloomsbury, 2009.

Eisen, Greg. *Children and Play in the Holocaust.* Amherst, MA: University of Massachusetts Press, 1988.

Elkind, David. *The Power of Play: Learning What Comes Naturally.* New York: Da Capo, 2007.

Epstein, Joseph. "Who Killed Poetry?" *Commentary* 86 (1988): 13–20.

Eyal, Keren, and Dale Kunkel. "The Effects of Sex in Television Drama Shows on Emerging Adults' Sexual Attitudes and Moral Judgments." *Journal of Broadcasting and Electronic Media* 52 (2008): 161–81.

Fajans, Joel. "How You Steer a Bicycle." http://socrates.berkeley.edu/~fajans/Teaching/Steering.htm. Accessed August 30, 2010.

Fenza, David W. "Who Keeps Killing Poetry?" *Writer's Chronicle* 39 (2006): 1–10.

Fest, Joachim. *Hitler.* Translated by Richard Winston and Clara Winston. New York: Harcourt Brace Jovanovich, 1974.

Fine, Cordelia. *A Mind of Its Own: How Your Brain Distorts and Deceives.* New York: Norton, 2006.

Flanagan, Owen. *Dreaming Souls: Sleep, Dreams, and the Evolution of the Conscious Mind.* Oxford: Oxford University Press, 2000.

Flesch, William. *Comeuppance: Costly Signaling, Altruistic Punishment, and Other Biological Components of Fiction.* Cambridge, MA: Harvard University Press, 2007.

Fodor, Jerry. "The Trouble with Psychological Darwinism." *London Review of Books,* January 15, 1998.

Forster, E. M. *Aspects of the Novel.* New York: Mariner, 1955. First published 1927.

Franklin, Michael, and Michael Zyphur. "The Role of Dreams in the Evolution of the Mind." *Evolutionary Psychology* 3 (2005): 59–78.

French, Lauren, Maryanne Garry, and Elizabeth Loftus. "False Memories: A Kind of Confabulation in Non-Clinical Subjects." In *Confabulation: Views from Neuroscience, Psychiatry, Psychology, and Philosophy,* edited by William Hirstein, 33–66. Oxford: Oxford University Press, 2009.

Freud, Sigmund. *The Interpretation of Dreams.* 3rd ed. N.p.: Plain Label, 1911. First published 1900.

Frey, James. *A Million Little Pieces.* New York: Anchor Books, 2004.

Funnel, Margaret, Paul Corbalis, and Michael Gazzaniga. "Hemispheric Interactions and Specializations: Insights from the Split Brain." In *Handbook of Neuropsychology,* edited by Francois Boller, Jordan Grafman, and Giacomo Rizzolatti, 103–20. Amsterdam: Elsevier, 2000.

Gardiner, Marguerite. *Conversations of Lord Byron with the Countess of Blessington.* Philadelphia: E. A. Carey and Hart, 1836.

Gardner, John. *The Art of Fiction: Notes on Craft for Young Writers.* New York: Vintage, 1983.

———. *On Moral Fiction.* New York: Basic, 1978.

Gass, William. *Fiction and the Figures of Life.* New York: Godine, 1958.

Gazzaniga, Michael. "Forty-Five Years of Split-Brain Research and Still Going Strong." *Nature Reviews Neuroscience* 6 (2008): 653–59.

———. *Human.* New York: HarperCollins, 2008.

———. *The Mind's Past.* Berkeley: University of California Press, 2000.

Geary, David. *Male and Female: The Evolution of Human Sex Differences.* Washington, DC: American Psychological Association, 1998.

Gendler, Tamar. *Thought Experiment: On the Powers and Limits of Imaginary Cases.* New York: Garland, 2000.

Gerrig, Richard. *Experiencing Narrative Worlds: On the Psychological Activities of Reading.* New Haven, CT: Yale University Press, 1993.

Gerrig, Richard, and Deborah Prentice. "The Representation of Fictional Information." *Psychological Science* 2 (1991): 336–40.

Gilovich, Thomas. *How We Know What Isn't So.* New York: Macmillan, 1991.

Gilsdorf, Ethan. *Fantasy Freaks and Gaming Geeks.* Guilford, CT: Lyons, 2009.

Goleman, Daniel. *Social Intelligence: The Revolutionary New Science of Human Relationships.* New York: Bantam, 2006.

Gopnik, Alison. *The Philosophical Baby: What Children's Minds Tell Us About Truth, Love, and the Meaning of Life.* New York: Farrar, Straus and Giroux, 2009.

Gottschall, Jonathan. *Literature, Science, and a New Humanities.* New York: Palgrave, 2008.

Green, Melanie, and Timothy Brock. "The Role of Transportation in the Persuasiveness of Public Narratives." *Journal of Personality and Social Psychology* 79 (2000): 701–21.

Green, Melanie, and John Donahue. "Simulated Worlds: Transportation into Narratives." In *Handbook of Imagination and Mental Simulation,* edited by Keith Markman, William Klein, and Julie Suhr, 241–54. New York: Psychology Press, 2009.

Green, Melanie, J. Garst, and Timothy Brock. "The Power of Fiction: Determinants and Boundaries." In *The Psychology of Entertainment Media: Blurring the Lines Between Entertainment and Persuasion,* edited by L. J. Shrum. Mahwah, NJ: Erlbaum, 2004.

Greenberg, Daniel. "Flashbulb Memories: How Psychological Research Shows That Our Most Powerful Memories May Be Untrustworthy." *Skeptic,* January 2005, 74–81.

———. "President Bush's False Flashbulb Memory of 9/11." *Applied Cognitive Psychology* 18 (2004): 363–70.

Greitemeyer, Tobias, and Silvia Osswald. "Effects of Prosocial Video Games on Prosocial Behavior." *Journal of Personality and Social Psychology* 98 (2010): 211–21.

Guber, Peter. *Tell to Win: Connect, Persuade, and Triumph with the Hidden Power of Story.* New York: Crown, 2011.

Haidt, Jonathan. *The Happiness Hypothesis.* New York: Basic, 2006.

Hakemulder, Jèmeljan. *The Moral Laboratory: Experiments Examining the Effects of Reading Literature on Social Perception and Moral Self-Concept.* Amsterdam: John Benjamins, 2000.

Hargrove, Thomas. "Third of Americans Suspect 9/11 Government Conspiracy." Scripps News, August 1, 2006. http://www.scrippsnews.com/911poll. Accessed August 30, 2010.

Harris, Paul. *The Work of the Imagination.* New York: Blackwell, 2000.

Haven, Kendall. *Story Proof: The Science Behind the Startling Power of Story.* Westport, CT: Libraries Unlimited, 2007.

Heider, Fritz, and Marianne Simmel. "An Experimental Study of Apparent Behavior." *American Journal of Psychology* 57 (1944): 243–59.

Hemingway, Ernest. *Death in the Afternoon.* New York: Scribner, 1960. First published 1932.

——. *The Old Man and the Sea.* New York: Scribner, 1980. First published 1952.

Hickok, Gregory. "Eight Problems for the Mirror Neuron Theory of Action Understanding in Monkeys and Humans." *Journal of Cognitive Neuroscience* 21 (2009): 1229–43.

Hirstein, William. *Brain Fiction: Self-Deception and the Riddle of Confabulation.* Cambridge, MA: MIT Press, 2006.

——, ed. *Confabulation: Views from Neuroscience, Psychiatry, Psychology, and Philosophy.* Oxford: Oxford University Press, 2009.

Hitchens, Christopher. "The Dark Side of Dickens." *Atlantic Monthly,* May 2010.

Hobson, J. Allan. *Dreaming: An Introduction to the Science of Sleep.* Oxford: Oxford University Press, 2002.

Hood, Bruce. *Supersense: Why We Believe in the Unbelievable.* New York: Harper One, 2009.

Hume, David. "Of the Standard of Taste." *Essays Moral, Practical, and Literary.* London: Longman, Green, and Co., 1875. First published 1757.

Hunt, Harry. "New Multiplicities of Dreaming and REMing." In *Sleep and Dreaming: Scientific Advances and Reconsiderations,* edited by Edward Pace-Schott, Mark Solms, Mark Blagrove, and Stevan Harnad, 164–67. Cambridge, UK: Cambridge University Press, 2003.

Iacoboni, Marco. *Mirroring People: The Science of Empathy and How We Connect with Others*. New York: Picador, 2008.

Icke, David. *The Biggest Secret: The Book That Will Change the World!* Ryde, UK: David Icke Books, 1999.

Jabbi, M., J. Bastiaansen, and C. Keysers. "A Common Anterior Insula Representation of Disgust Observation, Experience and Imagination Shows Divergent Functional Connectivity Pathways." *PLoS ONE* 3 (2008): e2939. doi:10.1371/journal.pone.0002939.

Jacobs, A. J. *The Year of Living Biblically*. New York: Simon and Schuster, 2008.

Jager, Gustav. *The Darwinian Theory and Its Relation to Morality and Religion*. Stuttgart, Germany: Hoffman, 1869.

James, William. *The Will to Believe and Other Essays in Popular Philosophy*. New York: Cosimo, 2007. First published 1897.

Jamison, Kay Redfield. *Touched with Fire: Manic-Depressive Illness and the Artistic Temperament*. New York: Free Press, 1993.

Ji, Daoyun, and Matthew A. Wilson. "Coordinated Memory Replay in the Visual Cortex and Hippocampus During Sleep." *Nature Neuroscience* 10 (2007): 100–107.

Johansson, Petter, Lars Hall, Sverker Sikstrom, and Andreas Olsson. "Failure to Detect Mismatches Between Intention and Outcome in a Simple Decision Task." *Science* 310 (2005): 116–19.

Johnson, Dominic. "Gods of War." In *The Evolution of Religion: Studies, Theories, and Critiques*, edited by Joseph Bulbulia, Richard Sosis, Erica Harris, and Russell Genet. Santa Margarita, CA: Collins Foundation, 2008.

Johnson, Paul. *A History of the American People*. New York: HarperCollins, 1997.

Johnson, Steven. *Everything Bad Is Good for You*. New York: Riverhead, 2005.

Jones, Alex. *Endgame: Blueprint for Global Enslavement*. New York: Disinformation, 2007. Documentary.

Jones, Gerard. *Killing Monsters: Why Children Need Fantasy, Super Heroes, and Make-Believe Violence*. New York: Basic, 2002.

Jouvet, Michael. *The Paradox of Sleep: The Story of Dreaming*. Cambridge, MA: MIT Press, 1999.

Joyce, James. *Finnegans Wake*. New York: Penguin, 1999. First published 1939.

Kagan, Jerome. *The Three Cultures: Natural Sciences, Social Sciences, and the Humanities in the 21st Century.* Cambridge, UK: Cambridge University Press, 2009.

Keen, Suzanne. *Empathy and the Novel.* Oxford: Oxford University Press, 2007.

Kelly, R. V. *Massively Multiplayer Online Role-Playing Games: The People, the Addiction, and the Playing Experience.* Jefferson, NC: McFarland, 2004.

Kershaw, Ian. *Hitler, 1889–1936: Hubris.* New York: Norton, 1998.

Kessel, John. "Invaders." In *The Wesleyan Anthology of Science Fiction,* edited by Arthur B. Evans, Istvan Csicsery-Ronay Jr., Joan Gordon, Veronica Hollinger, Rob Latham, and Carol McGuirk, 654–75. Middletown, CT: Wesleyan University Press, 2010.

Killingsworth, Matthew, and Daniel Gilbert. "A Wandering Mind Is an Unhappy Mind." *Science* 12 (2010): 932.

King, Stephen. *On Writing: A Memoir of the Craft.* New York: Pocket, 2000.

Klinger, Eric. "Daydreaming and Fantasizing: Thought Flow and Motivation." In *Handbook of Imagination and Mental Simulation,* edited by Keith Markman, William Klein, and Julie Suhr, 225–39. New York: Psychology Press, 2009.

Knapp, John, ed. "An Evolutionary Paradigm for Literary Study." Special Issue, *Style* 42/43 (2008).

Koch, Cristof. "Dream States." *Scientific American Mind,* November/December 2010.

Kohler, Joachim. *Wagner's Hitler: The Prophet and His Disciple.* London: Polity, 2000.

Konner, Melvin. *The Evolution of Childhood.* Cambridge, MA: Harvard University Press, 2010.

Krendl, A. C., C. Macrae, W. M. Kelley, J. F. Fugelsang, and T. F. Heatherton. "The Good, the Bad, and the Ugly: An fMRI Investigation of the Functional Anatomic Correlates of Stigma." *Social Neuroscience* 1 (2006): 5–15.

Kubizek, August. *The Young Hitler I Knew.* London: Greenhill, 2006.

Kurzban, Robert. *Why Everyone Else Is a Hypocrite.* Princeton, NJ: Princeton University Press, 2010.

Ledoux, Joseph. *Synaptic Self: How Our Brains Become Who We Are.* New York: Penguin, 2003.

Lehrer, Jonah. *How We Decide.* Boston: Houghton Mifflin, 2009.

Levitin, Daniel J. *The World in Six Songs: How the Musical Brain Created Human Nature.* New York: Plume, 2008.

Lightfoot, Steve. "Who Really Killed John Lennon?: The Truth About His Murder." 2001. http://www.lennonmurdertruth.com/index.asp. Accessed August 30, 2010.

Linn, Susan. *The Case for Make Believe: Saving Play in a Commercialized World.* New York: New Press, 2008.

Loewen, James W. *Lies My Teacher Told Me: Everything Your American History Textbook Got Wrong.* New York: Free Press, 1995.

Loftus, Elizabeth, and Jacqueline Pickrell. "The Formation of False Memories." *Psychiatric Annals* 25 (1995): 720–25.

Ludwig, Arnold. *The Price of Greatness: Resolving the Creativity and Madness Controversy.* New York: Guilford, 1996.

Lynn, Steven Jay, Abigail Matthews, and Sean Barnes. "Hypnosis and Memory: From Bernheim to the Present." In *Handbook of Imagination and Mental Simulation,* edited by Keith Markman, William Klein, and Julie Suhr, 103–18. New York: Psychology Press, 2009.

Maier, Norman. "Reasoning in Humans. II: The Solution of a Problem and Its Appearance in Consciousness." *Journal of Comparative Psychology* 12 (1931): 181–94.

Malcolm, Janet. "Iphigenia in Forest Hills." *The New Yorker,* May 3, 2010.

Mar, Raymond, Maja Djikic, and Keith Oatley. "Effects of Reading on Knowledge, Social Abilities, and Selfhood." In *Directions in Empirical Literary Studies,* edited by Sonia Zyngier, Marisa Bortolussi, Anna Chesnokova, and Jan Avracher, 127–38. Amsterdam: John Benjamins, 2008.

Mar, Raymond, and Keith Oatley. "The Function of Fiction Is the Abstraction and Simulation of Social Experience." *Perspectives on Psychological Science* 3 (2008): 173–92.

Mar, Raymond, Keith Oatley, Jacob Hirsh, Jennifer dela Paz, and Jordan Peterson. "Bookworms Versus Nerds: Exposure to Fiction Versus Non-Fiction, Divergent Associations with Social Ability, and the Simulations of Fictional Social Worlds." *Journal of Research in Personality* 40 (2006): 694–712.

Mar, Raymond, Keith Oatley, and Jordan Peterson. "Exploring the Link Between Reading Fiction and Empathy: Ruling Out Individual Differences and Examining Outcomes." *Communications: The European Journal of Communication* 34 (2009): 407–28.

Marcus, Gary. *Kluge: The Haphazard Evolution of the Human Mind.* Boston: Mariner, 2008.

Marsh, Elizabeth, Michelle Meade, and Henry Roediger III. "Learning Facts from Fiction." *Journal of Memory and Language* 49 (2003): 519–36.

Mastro, Dana. "Effects of Racial and Ethnic Stereotyping." In *Media Effects: Advances in Theory and Research,* 3rd ed., edited by Jennings Bryant and Mary Beth Oliver. New York: Routledge, 2009.

Maugham, Somerset. *Ten Novels and Their Authors.* New York: Penguin, 1969.

McAdams, Dan. "Personal Narratives and the Life Story." In *Handbook of Personality: Theory and Research,* edited by Oliver John, Richard Robins, and Lawrence Pervin, 241–61. New York: Guilford, 2008.

———. "The Psychology of Life Stories." *Review of General Psychology* 5 (2001): 100–122.

———. *The Stories We Live By: Personal Myths and the Making of the Self.* New York: Guilford, 1993.

McGonigal, Jane. *Reality Is Broken: Why Games Make Us Better and How They Can Change the World.* New York: Penguin, 2011.

McLuhan, Marshall. *The Gutenberg Galaxy: The Making of Typographic Man.* Toronto: University of Toronto Press, 1962.

McNamara, Patrick. *An Evolutionary Psychology of Sleep and Dreams.* Westport, CT: Praeger, 2004.

Meadows, Mark Stephen. *I, Avatar: The Culture and Consequences of Having a Second Life.* Berkeley, CA: New Rider, 2008.

Mele, Alfred. *Self-Deception Unmasked.* Princeton, NJ: Princeton University Press, 2001.

Meltzoff, Andrew, and Jean Decety. "What Imitation Tells Us About Social Cognition: A Rapprochement Between Developmental Psychology and Cognitive Neuroscience." *Philosophical Transactions of the Royal Society, London B* 358 (2003): 491–500.

Meltzoff, Andrew, and M. Keith Moore. "Imitation of Facial and Manual Gestures by Human Neonates." *Science* 198 (1977): 75–78.

Metaxas, Eric. *Bonhoeffer: Pastor, Martyr, Prophet, Spy.* Nashville: Thomas Nelson, 2010.

Miller, Geoffrey. *The Mating Mind.* New York: Anchor, 2001.

Miller, Laura. "The Last Word: How Many Books Are Too Many?" *New York Times,* July 18, 2004.

Miller, Rory. *Meditations on Violence.* Wolfeboro, NH: YMAA Publication Center, 2008.

Morley, Christopher. *Parnassus on Wheels.* New York: Doubleday, 1917.

Motion Picture Association of America Worldwide Market Research and Analysis. *U.S. Entertainment Industry: 2006 Market Statistics.* http://www.google.com/#sclient=psy&hl=en&source=hp&q=US+Entertainment+Industry:+2006+Market+Statistics&aq=f&aqi=&aql=&oq=&pbx=1&bav=on.2,or.r_gc.r_pw.&fp=ca5f50573a0b59e3&biw=1024&bih=571. Accessed July 30, 2011.

Nabokov, Vladimir. *Pale Fire.* New York: Vintage, 1989. First published 1962.

Napier, John. *Hands.* Princeton, NJ: Princeton University Press, 1993.

National Endowment for the Arts. *Reading on the Rise: A New Chapter in American Literacy.* 2008. http://www.nea.gov/research/ReadingonRise.pdf. Accessed August 30, 2010.

Neisser, Ulric, and Nicole Harsch. "Phantom Flashbulbs: False Recollections of Hearing the News About Challenger." In *Affect and Accuracy in Recall: Studies of "Flashbulb" Memories,* vol. 4, edited by Eugene Winograd and Ulric Neisser, 9–31. Cambridge, UK: Cambridge University Press, 1992.

Nell, Victor. *Lost in a Book: The Psychology of Reading for Pleasure.* New Haven, CT: Yale University Press, 1988.

Nettle, Daniel. *Strong Imagination: Madness, Creativity, and Human Nature.* Oxford: Oxford University Press, 2001.

Nicholson, Christopher. *Richard and Adolf.* Jerusalem: Gefen, 2007.

Niles, John. *Homo Narrans: The Poetics and Anthropology of Oral Literature.* Philadelphia: University of Pennsylvania Press, 1999.

Norrick, Neal. "Conversational Storytelling." In *The Cambridge Companion to Narrative,* edited by David Herman, 127–41. Cambridge, UK: Cambridge University Press, 2007.

Oatley, Keith. "The Mind's Flight Simulator." *Psychologist* 21 (2008): 1030–32.

———. "The Science of Fiction." *New Scientist,* June 25, 2008.

———. *Such Stuff as Dreams: The Psychology of Fiction.* New York: Wiley, 2011.

Olmsted, Kathryn. *Real Enemies.* Oxford: Oxford University Press, 2009.

Ong, Walter. *Orality and Literacy.* New York: Routledge, 1982.

Ost, James, Granhag Pär-Anders, Julie Udell, and Emma Roos af Hjelmsäter. "Familiarity Breeds Distortion: The Effects of Media Exposure on False Reports Concerning Media Coverage of the Terrorist Attacks in London on 7 July 2005." *Memory* 16 (2008): 76–85.

Paley, Vivian. *Bad Guys Don't Have Birthdays: Fantasy Play at Four.* Chicago: University of Chicago Press, 1988.

——. *Boys and Girls: Superheroes in the Doll Corner.* Chicago: University of Chicago Press, 1984.

——. *A Child's Work: The Importance of Fantasy Play.* Chicago: University of Chicago Press, 2004.

Philbrick, Nathaniel. *In the Heart of the Sea.* New York: Penguin, 2000.

Pinker, Steven. *The Better Angels of Our Nature: Why Violence Has Declined.* New York: Viking, 2011.

——. *The Blank Slate.* New York: Viking, 2002.

——. *How the Mind Works.* New York: Norton, 1997.

——. "Toward a Consilient Study of Literature." *Philosophy and Literature* 31 (2007): 161–77.

Pinsky, Robert. *The Handbook of Heartbreak: 101 Poems of Lost Love and Sorrow.* New York: Morrow, 1998.

Plato. *The Republic.* Translated by Desmond Lee. New York: Penguin, 2003.

Poe, Edgar Allan. *Complete Tales and Poems of Edgar Allan Poe.* New York: Vintage, 1975.

Pronin, Emily, Daniel Linn, and Lee Ross. "The Bias Blind Spot: Perceptions of Bias in Self Versus Others." *Personality and Social Psychology Bulletin* 28 (2002): 369–81.

Ramachandran, V. S. *The Tell-Tale Brain: A Neuroscientist's Quest for What Makes Us Human.* New York: Norton, 2011.

Reeves, Byron, and Clifford Nass. *The Media Equation: How People Treat Computers, Television, and New Media Like Real People and Places.* Stanford, CA: CSLI Publications, 2003.

Revonsuo, Antti. "Did Ancestral Humans Dream for Their Lives?" In *Sleep and*

Dreaming: Scientific Advances and Reconsiderations, edited by Edward Pace-Schott, Mark Solms, Mark Blagrove, and Stevan Harnad, 275–94. Cambridge: Cambridge University Press, 2003.

——. "The Reinterpretation of Dreams: An Evolutionary Hypothesis of the Function of Dreaming." *Behavioral and Brain Sciences* 23 (2000): 793–1121.

Richardson, Samuel. *The History of Sir Charles Grandison.* Vol. 6. London: Suttaby, Evance and Fox, 1812. First published 1753–1754.

Rizzolatti, Giacomo, Corrando Sinigaglia, and Frances Anderson. *Mirrors in the Brain: How Our Minds Share Actions, Emotions, and Experiences.* Oxford: Oxford University Press, 2008.

Rock, Andrea. *The Mind at Night: The New Science of How and Why We Dream.* New York: Basic, 2004.

Roskos-Ewoldsen, David, Beverly Roskos-Ewoldsen, and Francesca Carpentier. "Media Priming: An Updated Synthesis." *In Media Effects: Advances in Theory and Research,* 3rd ed., edited by Jennings Bryant and Mary Beth Oliver. New York: Routledge, 2009.

Russell, David. *Literature for Children: A Short Introduction.* 2nd ed. New York: Longman, 1991.

Sacks, Oliver. *The Man Who Mistook His Wife for a Hat.* New York: Simon and Schuster, 1985. First published 1970.

Schachter, Daniel. *Searching for Memory: The Brain, the Mind, and the Past.* New York: Basic, 1996.

——. *The Seven Sins of Memory: How the Mind Forgets and Remembers.* Boston: Houghton Mifflin, 2001.

Schechter, Harold. *Savage Pastimes: A Cultural History of Violent Entertainment.* New York: St. Martin's, 2005.

Schweikart, Larry, and Michael Allen. *A Patriot's History of the United States: From Columbus's Great Discovery to the War on Terror.* New York: Sentinel, 2007.

Shaffer, David, S. A. Hensch, and Katherine Kipp. *Developmental Psychology.* New York: Wadsworth, 2006.

Shedler, Jonathan. "The Efficacy of Psychodynamic Therapy." *American Psychologist* 65 (2010): 98–109.

Shields, David. *Reality Hunger: A Manifesto.* New York: Knopf, 2010.

Shirer, William L. *The Rise and Fall of the Third Reich.* New York: Simon and Schuster, 1990.

Singer, Dorothy, and Jerome Singer. *The House of Make Believe: Play and the Developing Imagination.* Cambridge, MA: Harvard University Press, 1990.

Slater, Mel, Angus Antley, Adam Davison, David Swapp, Christoph Guger, Chris Barker, Nancy Pistrang, and Maria V. Sanchez-Vives. "A Virtual Reprise of the Stanley Milgram Obedience Experiments." *PLoS ONE* 1 (2006).

Smith, Stacy, and Amy Granados. "Content Patterns and Effects Surrounding Sex-Role Stereotyping on Television and Film." In *Media Effects: Advances in Theory and Research,* 3rd ed., edited by Jennings Bryant and Mary Beth Oliver. New York: Routledge, 2009.

Smoking Gun. "A Million Little Lies," January 8, 2006. http://www.thesmokinggun.com/documents/celebrity/million-little-lies. Accessed August 30, 2010.

Solms, Mark. "Dreaming and REM Sleep Are Controlled by Different Mechanisms." In *Sleep and Dreaming: Scientific Advances and Reconsiderations,* edited by Edward Pace-Schott, Mark Solms, Mark Blagrove, and Stevan Harnad. Cambridge: Cambridge University Press, 2003.

Speer, Nicole, Jeremy Reynolds, Khena Swallow, and Jeffrey M. Zacks. "Reading Stories Activates Neural Representations of Visual and Motor Experiences." *Psychological Science* 20 (2009): 989–99.

Spence, Donald. *Narrative Truth and Historical Truth and the Freudian Metaphor.* New York: Norton, 1984.

Spotts, Frederic. *Hitler and the Power of Aesthetics.* New York: Overlook, 2003.

Stone, Jason. "The Attraction of Religion." In *The Evolution of Religion: Studies, Theories, and Critiques,* edited by Joseph Bulbulia, Richard Sosis, Erica Harris, and Russell Genet. Santa Margarita, CA: Collins Foundation, 2008.

Stowe, Charles, and Lyman Beecher Stowe. *Harriet Beecher Stowe: The Story of Her Life.* Boston: Houghton Mifflin, 1911.

Stowe, Harriet Beecher. *Uncle Tom's Cabin.* New York: Norton, 2007. First published 1852.

Sugiyama, Michelle Scalise. "Reverse-Engineering Narrative: Evidence of Special Design." In *The Literary Animal,* edited by Jonathan Gottschall and David Sloan Wilson. Evanston, IL: Northwestern University Press, 2005.

Sutton-Smith, Brian. *The Ambiguity of Play.* Cambridge, MA: Harvard University Press, 1997.

——. "Children's Fiction Making." In *Narrative Psychology: The Storied Nature of Human Conduct,* edited by Theodore Sarbin. New York: Praeger, 1986.

Swift, Graham. *Waterland.* New York: Penguin, 2010. First published 1983.

Talbot, Margaret. "Nightmare Scenario." *The New Yorker,* November 16, 2009.

Taleb, Nassim. *The Black Swan: The Impact of the Highly Improbable.* New York: Penguin, 2008.

Tallis, Raymond. *The Hand: A Philosophical Inquiry into Human Being.* Edinburgh: Edinburgh University Press, 2003.

Tanaka, Jiro. "What Is Copernican? A Few Common Barriers to Darwinian Thinking About the Mind." *Evolutionary Review* 1 (2010): 6–12.

Tatar, Maria. *The Hard Facts of the Grimms' Fairy Tales.* 2nd ed. Princeton, NJ: Princeton University Press, 2003.

Tavris, Carol, and Eliot Aronson. *Mistakes Were Made but Not by Me: Why We Justify Foolish Beliefs, Bad Decisions, and Hurtful Acts.* New York: Harcourt, 2007.

Taylor, Marjorie. *Imaginary Companions and the Children Who Create Them.* Oxford: Oxford University Press, 1999.

Taylor, Shelley. *Positive Illusions: Creative Self-Deception and the Healthy Mind.* New York: Basic, 1989.

Tolstoy, Leo. *What Is Art?* New York: Crowell, 1899.

Tsai, Michelle. "Smile and Say 'Fat!'" *Slate,* February 22, 2007. http://www.slate.com/id/2160377/. Accessed March 4, 2011.

The Ultimate Fighter. Spike TV. Episode 11, season 10, December 2, 2009.

United States Holocaust Memorial Museum. "Book Burning." In *Holocaust Encyclopedia.* http://www.ushmm.org/wlc/en/article.php?ModuleId=10005852. Accessed August 30, 2010.

Valli, Katja, and Antti Revonsuo. "The Threat Simulation Theory in Light of Recent Empirical Evidence: A Review." *American Journal of Psychology* 122 (2009): 17–38.

Viereck, Peter. *Metapolitics: The Roots of the Nazi Mind.* New York: Capricorn, 1981. First published 1941.

Voland, Eckart, and Wulf Schiefenhovel, eds. *The Biological Evolution of Religious Mind and Behavior.* Dordrecht, Germany: Springer, 2009.

Wade, Nicholas. *The Faith Instinct: How Religion Evolved and Why It Endures.* New York: Penguin, 2009.

Waller, Douglas. *Air Warriors: The Inside Story of the Making of a Navy Pilot.* New York: Dell, 1999.

Wallis, James. "Making Games That Make Stories." In *Second Person: Role-Playing and Story in Games and Playable Media,* edited by Pat Harrigan and Noah Wardrip-Fruin. Cambridge, MA: MIT Press, 2007.

Walton, Kendall. *Mimesis as Make Believe: On the Foundations of the Representational Arts.* Cambridge, MA: Harvard University Press, 1990.

Weinstein, Cindy. *Cambridge Companion to Harriet Beecher Stowe.* Cambridge, UK: Cambridge University Press, 2004.

Weisberg, Deena Skolnick. "The Vital Importance of Imagination." In *What's Next: Dispatches on the Future of Science,* edited by Max Brockman. New York: Vintage, 2009.

Wheatley, Thalia. "Everyday Confabulation." In *Confabulation: Views from Neuroscience, Psychiatry, Psychology, and Philosophy,* edited by William Hirstein, 203–21. Oxford: Oxford University Press, 2009.

Wiesel, Elie. *The Gates of the Forest.* New York: Schocken, 1966.

Wilson, Anne, and Michael Ross. "From Chump to Champ: People's Appraisals of Their Earlier and Present Selves." *Journal of Personality and Social Psychology* 80 (2000): 572–84.

Wilson, David Sloan. *Darwin's Cathedral.* Chicago: University of Chicago Press, 2003.

——. "Evolution and Religion: The Transformation of the Obvious." In *The Evolution of Religion: Studies, Theories, and Critiques,* edited by Joseph Bulbulia, Richard Sosis, Erica Harris, and Russell Genet. Santa Margarita, CA: Collins Foundation, 2008.

——. *Evolution for Everyone.* New York: Random House, 2007.

Wilson, David Sloan, and Edward O. Wilson. "Rethinking the Theoretical Foundation of Sociobiology." *Quarterly Review of Biology* 82 (2007): 327–48.

Wilson, Edward O. *Consilience: The Unity of Knowledge.* New York: Knopf, 1998.

Wilson, Frank. *The Hand: How Its Use Shapes the Brain, Language, and Human Culture.* New York: Pantheon, 1998.

Wolfe, Tom. "The New Journalism." In *The New Journalism,* edited by Tom Wolfe and Edward Warren Johnson, 13–68. London: Picador, 1975.

Wood, James. *How Fiction Works.* New York: Picador, 2008.

Wood, Wendy, and Alice Eagly. "A Cross-Cultural Analysis of the Behavior of Women and Men: Implications for the Origins of Sex Differences." *Psychological Bulletin* 128 (2002): 699–727.

Yagoda, Ben. *Memoir: A History.* New York: Riverhead, 2009.

Young, Kay, and Jeffrey Saver. "The Neurology of Narrative." *Substance* 94/95 (2001): 72–84.

Zinn, Howard. *A People's History of the United States, 1492–Present.* New York: Harper, 2003. First published 1980.

Zunshine, Lisa. *Why We Read Fiction.* Columbus: Ohio University Press, 2006.

The Storytelling Animal: how stories make us human

大腦會說故事

看電影、讀小說，就是大腦學習危機下的生存本能

（原書名：故事如何改變你的大腦？）

作　　者　哥德夏（Jonathan Gottschall）
譯　　者　許雅淑、李宗義
執 行 長　陳蕙慧
主　　編　劉偉嘉
特約編輯　蕭亦芝
校　　對　魏秋綢
排　　版　謝宜欣
封面設計　萬勝安
行銷總監　李逸文
行銷主任　吳孟儒
社　　長　郭重興
發行人兼出版總監　曾大福
出　　版　木馬文化事業股份有限公司
發　　行　遠足文化事業股份有限公司
地　　址　23141 新北市新店區民權路 108 之 4 號 8 樓
電　　話　02-22181417
傳　　真　02-22180727
Email　service@bookrep.com.tw
郵撥帳號　19588272 木馬文化事業股份有限公司
客服專線　0800221029
法律顧問　華陽國際專利商標事務所　蘇文生律師
印　　刷　成陽印刷股份有限公司
初　　版　2014 年 7 月
二　　版　2018年6月
定　　價　340 元
ISBN　978-986-359-550-2

歡迎團體訂購，另有優惠，請洽業務部 (02)22181-1417分機1124、1135

國家圖書館出版品預行編目 (CIP) 資料

大腦會說故事：看電影、讀小說，就是大腦學習危機下的生存本能／
哥德夏（Jonathan Gottschall）著；許雅淑、李宗義譯.
-- 二版. -- 新北市：木馬文化出版：遠足文化發行, 2018. 06
面；　公分. --（Ideas: 28）
譯自 : The storytelling animal : how stories make us human
ISBN 978-986-359-550-2（平裝）
1. 說故事 2. 腦部
811.9　　107007857